PILAR MOLINA LLORENTE

TESA

EL DESPACHO DE DON BALTASAR DE GARCIHERREROS

PREMIO EDEBÉ
DE LITERATURA
JUVENIL

edebé

Novela ganadora del Premio EDEBÉ de Literatura Juvenil, según el fallo del Jurado compuesto por: Xavier Brines, Victoria Fernández, Anna Gasol, Rosa Navarro y Robert Saladrigas.

Paseo de San Juan Bosco, 62
08017 Barcelona
www.edebe.com

Dirección de Publicaciones: Reina Duarte
Editora de Literatura Infantil y Juvenil: Elena Valencia
Diseño de colección: César Farrés
Fotografía: CORBIS

ISBN: 978-84-683-0898-2
Depósito Legal: B. 2727-2013
Impreso en España
Printed in Spain

Para Flavia, viajera de extrañas dimensiones.

PISO DE LAS ABUELAS

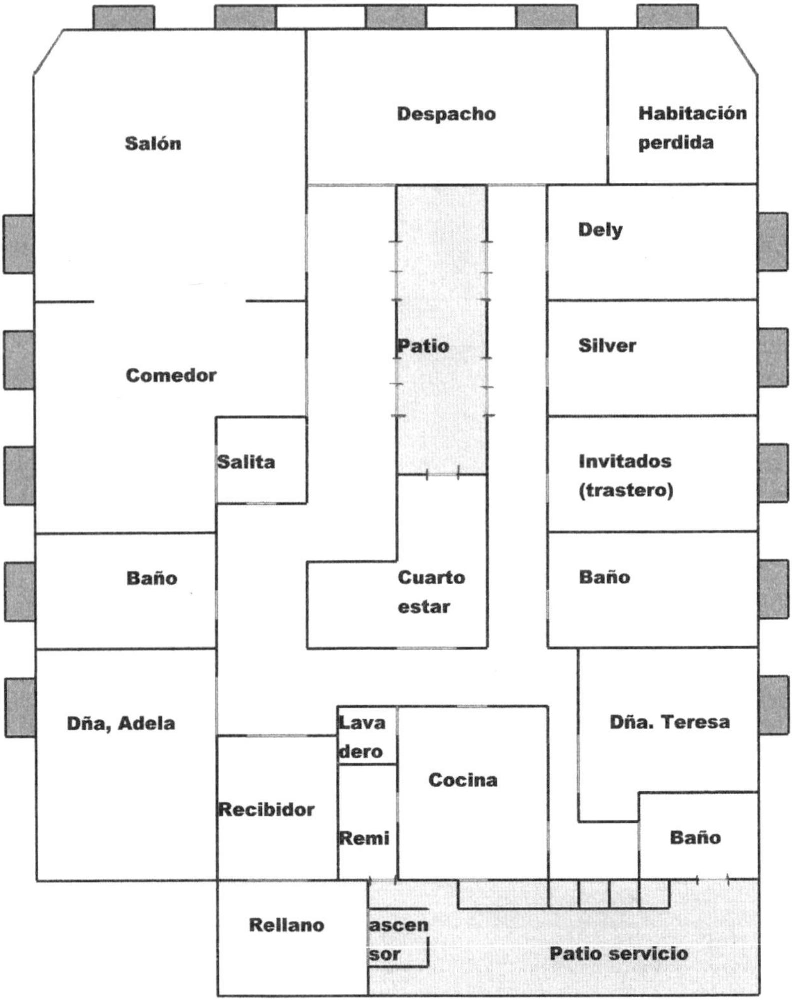

Capítulo uno

Llevaba casi un mes durmiendo en aquella habitación y todavía me sentía extraña. Mi abuela me había repetido varias veces que podía cambiar todo lo que quisiera.

—Mete en unas cajas lo que quieras quitar y se lo das a Remi, para que lo ponga en el trastero.

Pero yo no sabía por dónde empezar. Aquel dormitorio estaba lleno de adornos, cuadros, estanterías repletas de muñecas polvorientas y pequeñas cajas cubiertas de conchas y mesitas y mueblecitos abarrotados de velas, figuritas, recuerdos de viajes… y claro, mi maleta continuaba a medio deshacer, en el fondo del armario. El ordenador, mi música y mis libros se apilaban en cajas y bolsas en un rincón de aquella enorme habitación que había sido el dormitorio de tía Dely durante más de veinticinco años.

Esa noche, antes de cenar, había hablado por el móvil con mi hermano más de media hora y sabía que mamá estaba bien y él muy atareado y lleno de ilusión por su próximo partido de tenis. También estaba segura de que papá se sentía feliz en sus andanzas por el océano, en su nuevo trabajo de buscatesoros pero…

Había cenado a gusto: un bol de aquella deliciosa sopa de calabaza que preparaba Remi, y una rebanada de bizcocho de pasas con leche. La casa estaba silenciosa. Hacía un buen rato que se había apagado el murmullo de la televisión de mi abuela y sólo se oían en la calle, de vez en cuando, las voces de los transeúntes, la mayoría turistas, que reían o comentaban.

No soy miedosa y no era miedo lo que me daba aquel enorme piso, de más de cien años, que añoraba sus grandezas muy cerquita de la plaza de Oriente. Me daba respeto, aburrimiento y rabia; rabia porque me sentía engañada.

—Ya verás —había asegurado mamá, muy nerviosa, mientras preparaba mi maleta—, estarás muy bien con la abuela. Es muy cariñosa, ya lo sabes, y sólo será un tiempo. Papá estará para todo lo que necesites y no perderás a tus amigas, apenas cambiarás de ambiente.

Repasó de nuevo los vacíos cajones de mi cómoda para esconder su cara de la mía y añadió con voz temblorosa:

—Ya eres mayor. Además, esta situación pasará enseguida, antes de que te des cuenta. Nos reuniremos en vacaciones y… bueno, todo sea por Mateo, ¿no?

Sí, todo esfuerzo valía la pena por mi hermano. Mateo jugaba muy bien al tenis desde que era pequeño. Por mucho que busque en mi memoria, siempre le recuerdo con una raqueta. Destacaba por su facilidad y su aguante desde que pudo correr sin caerse. Al principio jugaba en el club de nuestra urbanización;

luego, tomó clases fuera del horario del colegio; después fueron también los fines de semana y los partidos entre colegios y, al final, llegó la beca para Barcelona. Si nada se torcía, Mateo podía tener un gran futuro en el tenis. Y no iba a ser yo quien lo torciese poniendo obstáculos a la ilusión de mi hermano. Por eso estaba en aquella altísima cama de aquella enorme habitación de oscuros rincones.

Miré hacia el pasillo. A mi abuela no le gustaba que las habitaciones estuviesen cerradas de noche y aquella estrecha garganta que recorría la casa haciendo giros y recodos me daba intranquilidad. Aun dentro de su profunda oscuridad, me parecía ver a veces como si una forma más oscura todavía cruzase a velocidad vertiginosa. Me tapé con la escurridiza colcha de seda, aunque la noche estaba bochornosa y algún centelleo en los cristales presagiaba tormenta.

No, no soy miedosa, pero aquella casa de altos techos y pesados cortinones me sobrecogía.

—Te acostumbrarás enseguida —había dicho mamá—. Ya conoces la casa de la abuela Teresa, es un piso magnífico y en el Madrid de los Austrias. Con lo que te gustan la arquitectura y la decoración, te encantará.

Me gusta la arquitectura. Me aficioné mientras mi hermano entrenaba los fines de semana, en aquellos largos paseos con mi padre y su amigo Charlie en los que casi la única conversación era sobre los edificios, los estilos, las formas..., y a través de ellos, sobre nuestra historia, que Charlie conoce mejor que mi padre, a pesar de ser americano. Me interesa tanto que, si consigo una buena nota en el Bachillerato, haré arquitectura en la universidad y… si no llego a tanto, haré decoración. Me parece apasionante equilibrar formas y colores, luces y espacios… y me encantan los muebles, los adornos y las antigüedades.

La noche, como cada noche de los días anteriores, se arrastraba despacio por el techo, apenas iluminado por el reflejo de una farola. A veces, la estela de los faros de un coche parecía lamer el enorme globo blanco de la lámpara.

Mis pensamientos también se arrastraban en silencio, pasando de la rabia por cómo había cambiado mi vida, al rencor contra mis amigas. Ya no me llamaban y no contaban conmigo para salir desde que supieron que me venía a casa de mi abuela y que había cambiado de instituto.

A veces, me perdía en pequeños detalles de mis recuerdos y acababa llorando despacito al pensar que otra persona ocupaba mi cuarto en nuestro chalé, que mis padres habían alquilado amueblado; que otra chica dormía en mi cama y usaba mi cómoda; que otras personas reían en nuestro columpio y se bañaban en nuestra piscina…; que otra familia ocupaba nuestro espacio.

—La vida es cambio continuo —me había dicho Charlie el día que me quejé a papá por haber alquilado nuestra casa—. Hay que afrontar las cosas como vienen. Ningún minuto es igual al anterior ni al siguiente. Piénsalo, Tesa. Todo lo que está vivo cambia.

Cambio continuo, pero desde hacía tres semanas parecía que el tiempo me había tragado y me tenía inmóvil, como aquellas muñequitas vestidas de encajes deshilados, que se agolpaban en la estantería de tía Dely.

Un reloj dio las tres y, con pocos segundos de diferencia, le contestaron otros relojes en distintos puntos de la noche.

Escuché con atención. En mis últimos insomnios había observado que a partir de las tres de la madrugada, se despertaban los crujidos, los roces y los chasquidos. Parecían saltar del techo a los muebles y rebotar de una pared a otra como en una extraña conversación y, como si fuese un eco, le contestaban los pequeños estallidos de las molduras que enmarcaban el techo del salón y otros chasquidos más ligeros en el pasillo de la cocina, en los zócalos de madera oscura, en las galerías torneadas que remataban las cortinas... De tanto escuchar, podía distinguir lejano el ronquido resoplado de Remi y la tosecita nerviosa de mi bisabuela, que dormía, casi sentada entre almohadones, en la primera habitación de la entrada.

—Estas casas son de madera —me había explicado mi abuela cuando le comenté los ruidos nocturnos—. Los pilares, las vigas, los forjados..., todo es de madera. Por la noche, cuando cambian la temperatura y la presión, se dilatan o se contraen y, claro, chascan. Es normal, te acostumbrarás enseguida y no lo oirás.

Pero yo lo seguía oyendo y no sólo los chasquidos, sino también algún roce, tan ligero, que no lo podía retener en la memoria para tratar de investigarlo; o un misterioso goteo que me lanzaba a crear un plano en mi imaginación, buscando las bajantes de los baños o el paso de las dormidas tuberías de la calefacción. Pero lo que más me inquietaba era aquel siniestro chasquido que todas las noches, entre las tres y las tres y media, me sobresaltaba. Era un sonido más fuerte que todos los demás crujidos de la casa y parecía resonar durante unos segundos, con un tono metálico.

Mis sentidos se abrían buscando una explicación. El piso era muy grande, más de trescientos metros, como recordaba la abuela siempre que se hablaba de pisos, de gasto de luz, de decoración, de limpieza..., pero aun así, aquel chasquido sonoro parecía más propio de un castillo o de una catedral que de un piso de ciudad.

Yo repasaba mentalmente todas las cosas que podían producir aquel sonido; ya lo había hecho otras noches sin encontrar ninguna respuesta.

Las puertas eran muy altas y tenían un montante de cristal que se abría para ventilar o refrescar las habitaciones en verano, pero los chasquidos de las puertas ya los conocía. Las maderas del suelo tenían un chasquido corto y seco, los zócalos sólo se rascaban, el destartalado ropero de la habitación de tía Dely se estremecía... Además, aquel sonido que se deshacía en ecos parecía venir del pasillo.

En realidad no conocía la casa. No sabía qué había a un lado y otro del oscuro pasillo que veía desde la cama. No me había preocupado de saber adónde conducía el recodo empapelado en grises que se hundía antes de llegar a la cocina, o qué había en aquellas dos puertas que tenía que pasar para llegar desde el cuarto de tía Dely hasta el cuarto de baño. ¿Para qué conocer una casa tan grande en la que no quería estar? Ni siquiera me atraía su antigua distribución ni la posibilidad de cambiar su abigarrada decoración.

Estaba cansada, aburrida, harta. Giré la cabeza hacia el balcón abierto, buscando el único punto de luz de la habitación y dejé que la tristeza y la impotencia rodaran por mis ojos y los fueran cerrando poco a poco. De pronto, un relámpago sordo iluminó por un momento la habitación y dibujó, a contraluz, una pequeña figura a los pies de mi cama. El corazón me dio un salto, mi mente se preguntaba si lo había visto o lo había imaginado. Si era una ensoñación de mi cansado duermevela o, realmente, había alguien al pie de mi cama. Alargué la mano bajo la almohada, con cuidado para no mover la colcha, y presioné la pera de madera que encendía la lámpara del techo.

¡Allí estaba! Fue sólo un segundo porque, de alguna manera, desapareció; pero tuve tiempo de ver sus ojos rojizos fijos en mí con asombro y la silueta de una cabeza achatada, en la que se dibujaban unas orejas puntiagudas.

Me quedé inmóvil, con la luz encendida y aún con el interruptor en la mano. ¿Realmente lo había visto? ¿Qué había visto? Tal vez era un animal. Quizás mi bisabuela, que apenas salía de su cuarto, tenía un perro o algún otro tipo de mascota.

En el tiempo que llevaba en la casa, me había mantenido alejada de todo, como una invitada, sin consentir que la forma de vida y las costumbres de aquellas tres mujeres me llegasen. Ni siquiera me había permitido que me importasen lo más mínimo.

¿Qué sabía yo de aquella señora de casi noventa años, que arrastraba una zapatilla más que otra en sus paseos al cuarto de baño o al cuarto de estar? ¿Qué sabía de mi abuela, fuera de su preocupación por el orden y por que comiese con cuidado para no engordar? ¿O de Remigia, la señora que servía a mi abuela y a su madre desde hacía tantos años?

Impresionada por lo que acababa de ver o de soñar, aún no estaba segura, me di cuenta de que había pasado el tiempo esperando que todo volviese a su estado anterior; que por arte de magia, pudiese estar de nuevo en mi casa, montando en bicicleta por la urbanización, peleándome con Mateo o paseando con mis amigas. Esperando algo que no volvería, por más que mis padres asegurasen que sí.

¿Un perro? Demasiado grande para ser un perro. La figura que había visto era más alta que la cama de tía Dely, y eso que tenía dos colchones; cuando me sentaba en el borde, no me llegaban los pies al suelo. Claro que hay perros muy altos y grises… ¿Gris verdoso? Recordaba aquella visión como verde, pero no un verde menta o un verde agua; era un verde plomo, como el abrigo austríaco que mi padre usaba año tras año y que mamá odiaba porque no se gastaba nunca. Y… si era un perro, ¿cómo había desaparecido de repente? Si hubiera salido de la habitación, le habría visto dar toda la vuelta a la cama y huir por el pasillo. Hubiera podido seguirle con la mirada, pero no, aquella cosa había desaparecido de repente en medio de la luz del enorme globo que dominaba toda la habitación. Tal vez, se había metido debajo de la cama. Los gatos son rápidos y silenciosos pero… demasiado grande para ser un gato. ¿Un mono?

La idea de que aquella cosa pudiese estar acurrucada debajo de la cama me llenó la sangre de hormigas. No podía quedarme así, inmóvil y asustada hasta que se hiciese de día y viniesen a ver por qué no salía a desayunar. Tampoco podía gritar llamando a la abuela o a Remi, sería ridículo en una chica de quince años. Además, aquélla era una casa de vecinos y desde pequeños, sabíamos que no se podía levantar la voz. La abuela era muy tajante en eso.

—Las personas bien educadas no hacen ruido —solía decir—. La elegancia consiste en no hacerse notar.

Nadie se hacía notar en aquella casa. Hasta la tele se ponía bajita para no alterar la calma. ¿Cómo iba a gritar?

Respiré hondo y me senté en la cama con cuidado para no hacer nada que pudiera espantar al intruso. No me apetecía poner los pies en el suelo hasta no estar segura de qué había debajo de la cama. Por eso decidí que lo mejor era asomarme desde arriba. Miré primero alrededor, buscando la posibilidad de que aquella cosa se hubiera escondido en alguno de los rincones de la habitación y, finalmente, me asomé bajo la cama y levanté la colcha. No había nada extraño; las baldosas de colores brillaban resbalando la luz, hartas de cera.

¿Podía haber salido por el balcón? Seguro que le habría visto; desde la cama al balcón había más de dos metros. Además, el piso de mi abuela era lo que antiguamente se conocía como un principal, que equivale a la altura de un segundo piso en una casa como aquélla, en la que cada piso era como uno y medio de alto. Imposible que aquel perro o lo que fuese hubiera saltado por el balcón. Entonces... ¿dónde se había metido? ¿Cómo había desaparecido ante mis ojos?

Me acurruqué de nuevo en la colcha. Me temblaban las piernas, tal vez porque se había levantado un poco de fresco, pero... por nada del mundo me habría aventurado a cerrar el balcón.

Me cubrí la cabeza y me hice un ovillo decidida a esperar a que se hiciese de día. Y sin darme cuenta, me quedé dormida con la luz encendida y el balcón abierto de par en par.

Capítulo dos

—Remi, ¿sabes si mis abuelas tienen mascota?

—¡Ay, qué susto! —casi saltó Remigia a punto de soltar el exprimidor.

—Soy yo, Tesa.

La mujer se limpió las manos en el delantal, me miró como si me viese por primera vez y dijo:

—Como nunca vienes por la cocina… ¿Qué quieres?

—Perdona, quiero saber si mis abuelas tienen mascota.

—¡Qué van a tener! —dijo volviendo a la mesa en la que preparaba el desayuno—. Aquí estoy yo sola para todo. Soy la cocinera, la doncella, la fregona y a veces hasta la enfermera. Antes también tenían niñera y chófer pero... *escota* de ésas… no, no han tenido nunca.

—No —reí divertida—, que si tienen animales. Algún perro o gato…

—¡Pues sólo nos faltaba! ¡Como si no tuviera bastante! La señora, tu bisabuela, es alérgica a casi todo, y a tu abuela nunca le han gustado los bichos. ¡Gracias a

Dios! —me miró con sospecha y añadió—: ¿No querrás traer alguno?

—No, no. Sólo quería saberlo.

En el cuarto de estar, mi abuela peinaba a su madre con delicadeza.

—Buenos días, Tesa.

Besé a las dos y me senté frente a la mesa redonda vestida con manteles bordados, igual que cada mañana, como si viniese a desayunar la reina de Inglaterra.

El cuarto de estar era el lugar favorito de mi abuela y en él se podía conocer su carácter y sus gustos sin mucho esfuerzo. Tenía una forma extraña, como una ele. Una pared estaba cubierta de librerías no demasiado altas, llenas de libros y revistas perfectamente ordenadas, y encima de ellas, se exhibían en formación algunas postales y fotos amarillentas de bodas, de hombres con uniformes militares, de bebés sonrientes... Junto al radiador estaba su sillón orejudo, con reposapiés y una mesita retorcida donde descansaban sus gafas de leer, algunos libros, una cajita de pañuelos y un aparato de radio que podría estar sacado de aquellas películas en blanco y negro que le regalábamos por Navidad.

La otra parte de la habitación era un pequeño comedor. Allí se hacían todas las comidas del día para no manchar el lujoso comedor que formaba parte del salón. Lo que más me gustaba del cuarto de estar de mi abuela era la lámpara Tiffany, que alzaba su cuello de bronce coronado de libélulas de colores, por encima del viejo televisor, casi tapado por un paño de encaje y un plato de porcelana azul en el que vivían dos macetas con pequeñas plantitas que, después del desayuno, mi abuela se encargaba de regar, colocar y recolocar mientras organizaba el día con Remigia. Como decía Charlie, que le pone nombre a todo, aquel cuarto se llamaba Teresa.

—¿Qué te pasó anoche? —preguntó la abuela mientras preparaba la pastillita de la tensión de su madre—. Esta mañana estabas con la luz del techo encendida y el balcón abierto. ¿No te das cuenta de que te ven desde la casa de enfrente?

Me encogí de hombros.

—Comprendo que no tienes costumbre. Ya sé que en vuestra casa no os veía nadie, pero aquí hay que tener cuidado. Además…

Por un momento pensé en contarle a mi abuela lo que había visto la noche anterior, pero no me iba a creer. Ella, tan práctica y equilibrada, tan serena y calmada, seguro que iba a pensar que estaba soñando o que me encontraba mal. Era capaz de llamar a papá o decírselo a ese médico de pelo canoso que visitaba a su madre los viernes por la tarde y luego se quedaba a merendar. Además, ni siquiera podía explicar qué era lo que había visto, pero aún me temblaban las piernas.

—… Y tienes que colocar ese cuarto y deshacer la maleta de una vez. Cuando quieras ponerte la ropa de invierno, la vas a encontrar arrugada y deformada. Ya te dije que…

—Tú eres Teresita —interrumpió mi bisabuela con su voz finita.

—No —contesté fastidiada por el sermoncito que me estaba lanzando mi abuela, porque me acababa de quemar con el chocolate y porque odio que me llamen Teresita.

—No, mamá. Es Tesa.

—Pero... ¿no es la Teresita de Silverio?

—Sí, mamá. Pero la llaman Tesa.

Mi abuela acercó las galletas de régimen a su madre y continuó con su charla.

—Ya te lo dije, le pides unas cajas a Remi y metes las cosas de tía Dely que no quieras tener. No puedes dejar todo por el suelo. Necesitarás tus libros y tus cosas en cuanto empiece el curso y...

El curso. Era el primer año que no me hacía ilusión volver al colegio. Empezaba el Bachillerato en un sitio distinto del que había estado desde los tres años. ¿A quién le podía interesar empezar el curso en un instituto diferente con compañeros desconocidos y profesores nuevos?

—¿Y su hermano? —preguntó de nuevo la anciana con su voz de flauta.

—Mateo se ha ido a Barcelona con su madre. Va a jugar al tenis.

—¿Al tenis? —repitió la bisabuela desmigando su galleta—. ¿No había jugado ya al tenis?

—El tenis no es como la varicela —dije cortante—, se puede hacer más de una vez.

—Tesa —me recriminó la abuela con un gesto.

—Lo siento —dije entre dientes.

Mi abuela empezó a contarle a su madre todo lo referente a la beca de mi hermano y al viaje a Barcelona.

—¿Y se va a dedicar a jugar al tenis?

—Sí, mamá.

—¿Y va a dejar los estudios?

—Pues... no lo sé.

—¿Y qué dice Silverio?

Mi abuela me miró de pasada y trató de fingir que no había oído a su madre recogiendo unas migas, cerrando el azucarero, colocando la servilleta...

—¿Que si sabe Silverio que su mujer y el chico están en Barcelona? —insistió la anciana.

—Pues claro que lo sabe, mamá.

—¿Y qué dice?

Mi abuela suspiró impaciente.

—¿Qué va a decir? Nada, ya conoces a Silver.

Una sombra rápida en el pasillo de la cocina me sobresaltó por un segundo. Era Remi, que a mitad de camino volvía a la cocina a por algo que había olvidado.

Me sentía inquieta, asustada, y me fastidiaba. No podía vivir en aquella casa con esa sensación de alarma, siguiendo cada sombra y observando cada rincón. Estaba acostumbrada a no dejarme ganar por nada, a no permitir que nada me angustiase, a plantar cara a los problemas pero... ¿qué problemas había tenido hasta ese momento? Me creía muy valiente por afrontar mi culpa cuando hacía algo mal, por no sentir apuro cuando había que hablar con los profesores o contar a mamá algo que había pasado. Yo era la fuerte, para eso era la mayor y siempre protegía a mi querido Mateo, pero... la verdad es que nunca antes había visto una extraña figura gris verdosa al pie de mi cama. ¿Qué era? ¿Por dónde había escapado? ¿Estaría aún dentro de la casa?

—... Ya te dije que había cambiado de trabajo —continuaba mi abuela siguiendo la conversación de la anciana.

—Pero si trabajaba en el ministerio.

—Sí, pero lo ha dejado. Ha pedido una excedencia.

—¿Y qué hace ahora?

—Pues... trabaja en una empresa de su amigo Charlie. ¿Recuerdas a Charlie, el anticuario? Ahora buscan barcos hundidos para recuperar las mercancías que transportaban y estudian los detalles de los naufragios y todo eso.

—Ese hijo tuyo está loco —comentó mi bisabuela castañeteando la voz y la taza antes de posarla sobre el plato—. Tanto estudiar y viajar para prepararse y aprender idiomas, y todo lo que trabajó para sacar las oposiciones del ministerio y ahora... No me gusta ese Charlie, nunca me gustó.

¿Cómo podía no gustarle Charlie? ¡Ojalá hubiese estado allí! Él sí sabría qué hacer para encontrar aquella cosa gris. Seguro que tenía alguna explicación para quitarme aquella incómoda sensación que no dejaba pasar la tostada por mi garganta. Como cuando, de niña, me ayudaba a hacer las tareas del colegio que parecían no querer salir de mis manos, o cuando entraba conmigo en los sitios que me daban miedo, para demostrarme que no había nada que temer. Charlie es fantástico y sabe tanto de todo..., especialmente de arquitectura y decoración.

—Abuela, ¿puedo ver la casa? —se me ocurrió de pronto.

—¿Ver la casa?

—Sí, las habitaciones, el salón, recorrer los pasillos, mirar por las ventanas…

—¡Ah, sí! —dijo la abuela con alivio—. Puedes andar por toda la casa. Vas a vivir aquí algún tiempo y tienes que conocer bien el piso. Ya me estabas preocupando, cariño, metida en el cuarto, sin interesarte por nada.

—Es que es un piso tan grande y tan oscuro…

—¿Oscuro? —me miró con extrañeza—. Bueno…, pues… enciende las luces que necesites, pero recuerda apagarlas cuando salgas.

—Y no toques ni revuelvas nada —añadió Remigia mientras recogía la vajilla—. Que luego tendré que ir yo colocando lo que tú saques.

Me levanté de la mesa dispuesta a preparar una expedición de búsqueda y reconocimiento del terreno que envidiarían los exploradores de las pirámides. Casi en el pasillo, oí de nuevo la voz de la anciana.

—Se parece a Silverio, ¿verdad?

—El pelo y la parte de la boca, sí —opinó mi abuela—. Los ojos y el carácter son de su madre.

—La mujer de Silverio también trabajaba, ¿no?

—Es neurocirujana, mamá. Ha encontrado un puesto muy bueno en Barcelona.

—Sí —continuaba indagando la anciana ignorando mi presencia—, recuerdo que ella tenía familia en Barcelona. Pero… ¿también ha dejado el trabajo para irse con el niño? Cuántos caprichos les dais ahora a los niños. Cuando yo era joven…

No iba a atravesar aquellos pasillos sin protección. Necesitaba algo con lo que defenderme, pero no hubiera sido muy normal llevar la escoba o un paraguas; se notaría demasiado que tenía miedo. Planeé llevarme un cuchillo de la cocina, aunque estaba segura de que no sería capaz de usarlo. Además, un cuchillo me obligaría a acercarme a aquello, fuese lo que fuese, que podría atacarme.

Ya en el cuarto de tía Dely, repasé mis cosas buscando algo que me pudiera servir. Tal vez algo que pudiese tirar a la cabeza de quien me atacara, pero tampoco estaba demasiado segura de mi puntería. Al final, sólo me metí la linterna en el bolsillo del pantalón y cogí un bote grande de laca para el pelo que descubrí en la estantería, junto a un cestito lleno de horquillas, pasadores y coleteros de tía Dely. Fuese lo que fuese aquella aparición, no resistiría un buen chorretón de laca en los ojos.

Empecé la inspección por el lujoso recibidor forrado de tela granate y por el comedor, donde las erguidas sillas parecían montar guardia. El salón comunicaba con el comedor por una puerta doble de corredera. Era la habitación que mejor conocía. En aquella consola dorada de patas de garra ponía cada año mi abuela su antiguo Nacimiento comprado, como recordaba cada Navidad, en Asís, durante su viaje de novios.

Era realmente un salón impresionante. El techo, pintado al fresco, representaba, con figuras sentadas en nubes y ángeles de mofletes inflados, las cuatro estaciones. Charlie nos lo había explicado a Mateo y a mí la Navidad anterior.

—El pintor ha aprovechado las cuatro esquinas del techo para representar las estaciones. Por eso, cada esquina tiene un color dominante que se va difuminando hasta llegar al azul suave y a ese sol tan dibujado, que señala el centro. No es una obra de arte —había añadido—, pero es interesante y cumple perfectamente con su función, que es sólo decorativa.

—Y además, así se sabe dónde hay que colgar la lámpara —había comentado mi hermano entre las risas de los demás.

Todo estaba limpio y brillante. El suelo reflejaba los muebles y los espejos. Los candelabros de plata y los brillantes jarrones de cristal despertaron cuando encendí la enorme araña de tres pisos, que protagonizaba el salón.

Recorrí las cuatro paredes buscando rincones y escondrijos. Todo estaba claro y a la vista, ningún lugar donde esconderse.

La luz de la lámpara se multiplicaba en los dos espejos grandes que decoraban la pared del fondo e iluminaban de lleno la boca de la chimenea, sellada con una plancha de brillante latón labrado.

Nada, no había nada sospechoso, ni siquiera entre las hojas de las palmeras fuertes y bien cuidadas, que se asomaban con elegancia entre los pliegues de los visillos para ver la calle.

Por unos minutos, la colección de campanillas de cristal de mi abuela y el reloj de bronce que rodaba a uno y otro lado una pequeña bola de jade dentro de su esfera me hechizaron frente a la vitrina y me distrajeron de mi misión.

Volví hacia atrás. Nada tampoco en el ancho pasillo alfombrado que llevaba a la habitación de mi bisabuela, ni en el cuarto de la anciana, el mejor de la casa, asombroso con el precioso dosel de cortinas de encaje que llegaban hasta el suelo y su barriguda cómoda de caoba.

Al fondo del pasillo, la puerta del despacho era una tentación. El despacho era la habitación tabú. Siempre que visitábamos a las abuelas, una de las recomendaciones de mamá era:

—... Y sobre todo, nada de entrar en el despacho. Ni tocar la puerta siquiera.

Sin embargo, ahora tenía permiso de la abuela no sólo para tocar la puerta, sino para pasar dentro.

El despacho era de mi bisabuelo, don Baltasar de Garciherreros, ilustre escritor y filósofo al que sólo conocíamos por las fotos, en las que lucía su poblado bigote, en las enciclopedias o en Internet.

Abrí una de las hojas de cristales con cuidado. La habitación estaba oscura como si en vez de las nueve de la mañana, fuesen las de la tarde. Los dos balcones tenían las persianas cerradas y las contraventanas entornadas, y sólo entre las rendijas, se colaba la luz que no conseguía traspasar los visillos y los pesados cortinones rojizos. Un olor ácido y los latidos de mi corazón me hicieron pararme en la puerta. Encendí la linterna pero el pálido foco de *leds* apenas dibujaba lo que tenía delante.

Pensé volver atrás y dejar la visita para otro momento, pero algo me decía que la abuela me había dado el permiso para recorrer la casa muy alegremente, aliviada porque me interesaba por algo, y que en cuanto reflexionase sobre ello, me prohibiría entrar en el despacho. Lo más probable era que no se me presentase una oportunidad mejor para curiosear en aquel misterioso lugar. Además, si había un buen escondite para aquel ser verdoso, era sin duda el despacho.

Siguiendo la azulada lengua de la linterna llegué hasta uno de los balcones y lo abrí con esfuerzo. Unos hilos de araña se me enredaron en el flequillo.

La vista me dejó quieta un momento, cegada por la luz y por la impresión. La calle, atestada de tráfico, no era demasiado ancha, pero frente a la fachada, se abría una plaza que parecía deslizarse, atravesada por una callecita serpenteante, entre un enorme edificio oficial con banderas en los balcones y una iglesia de tres bocas.

Dentro, la habitación parecía estar cubierta por una gasa. Una fina película de polvo lo teñía todo por igual en gris. La enorme mesa y la butaca que componían el escritorio estaban situadas en el espacio entre los dos balcones y, sobre ellos, el enorme retrato de mi bisabuelo parecía seguirme con la mirada.

Allí sí que había rincones en los que esconderse: entre los pesados muebles de librería que casi llegaban al techo; o entre las mesas con faldas que redondeaban las esquinas en la zona donde un sofá oscuro y dos sillones de cuero meditaban su encierro; detrás del abombado tapiz que cubría una de las paredes; tras el archivador que daba la impresión de doblarse cargado de carpetas; entre los esbeltos maceteros que enseñaban los huesos secos de lo que en otro tiempo fueron frondosas plantas…

También aquel viejo y desvencijado piano vertical

que abría sus candelabros como pidiendo auxilio podía ser un buen escondite.

Me volví hacia la puerta. Mis pasos habían marcado huellas en el polvo entre las que podía adivinarse una gruesa alfombra granate.

«Si esa cosa hubiese entrado aquí, se notaría. También habría huellas suyas», pensé.

Tampoco sabía qué clase de huellas podía dejar aquel ser. Lo mismo podía volar o atravesar las paredes. Y la idea de algo sobrenatural me sobrecogió. Hasta ese instante no se me había ocurrido pensar en fantasmas, espíritus ni cosas parecidas.

Temblaba, pero había algo que me atraía en aquel olvidado despacho. Una curiosidad que me impulsaba a intentar retener cada objeto en mi memoria, tal vez para contárselo a Mateo, compañero de fantasías, o para averiguar las razones que habían llevado a mis abuelas a negar aquella habitación.

—No necesitamos más habitaciones —solía decir la abuela cuando se le preguntaba sobre el tema—, y… da tanta pereza recoger ese despacho… Hay tantas cosas y tantos papeles… Habría que llamar a algún estudiante de literatura o a un experto para que ordenase y catalogase todos esos escritos que guardaba mi padre. Hasta puede que haya algún texto de valor.

Y cambiaba de tema inmediatamente.

El sonido del aspirador que Remigia paseaba por la habitación de la bisabuela se oía cada vez más cerca. En cuanto girase el recodo del pasillo, vería la puerta del despacho abierta y la luz que entraba sin obstáculos por el balcón. Tenía que darme prisa.

Corrí hasta el balcón que había abierto y al pasar tiré algo que había sobre el brazo del sofá. Era un cordón grueso de seda rematado en las puntas con borlas. Parecía negro cuando lo sacudí un poco. Las cortinas no tenían alzapaños, ¿de dónde había salido aquel cordón? Una ojeada fue suficiente para descubrir una especie de abrigo tirado en el suelo. Me acerqué para levantarlo y tropecé con algo que me hizo caer sobre el sofá, levantando una nubecita de polvo. Era un bastón de puño de plata ennegrecida y, junto a él, una pipa con motas de tabaco esparcidas por la alfombra en medio del círculo de una pequeña quemadura.

El aspirador de Remi se había callado y, en su lugar, escuché en el pasillo la voz de mi abuela:

—¡Tesa! ¿No oyes? Está sonando tu teléfono.

Tuve que contener un grito. Corrí a cerrar las persianas y escapé al pasillo fingiendo estar muy interesada en un pergamino enmarcado.

—Tu teléfono —repitió la abuela.

Era mamá, pero yo casi no podía atenderla. Tumbada en la cama, intentaba calmar los latidos de mis sienes y el sobresalto que apretaba mi garganta.

—¿Estás bien, cielo? Te llamo ahora porque tengo quirófano a las once y no sé a qué hora acabaremos. Tesa, ¿me oyes?

—Sí, mamá. Estoy bien…, estoy bien.

Capítulo tres

Me desperté sobresaltada casi a la hora de comer. Me había quedado dormida después de hablar con mi madre, tirada encima de la cama y con el móvil en la mano. No recordaba lo que había soñado, pero tenía en el estómago esa sensación agobiante que dejan las pesadillas.

Todavía me temblaban las piernas cuando me senté a la mesa, en el cuarto de estar.

—¿Ya has visto toda la casa? —preguntó la abuela mientras repasaba la colocación de los cubiertos.

—Toda no. Me he entretenido mucho en el salón —mentí.

—Sí —dijo orgullosa—, nuestro salón es el mejor de toda la casa. Ningún otro piso tiene los techos pintados ni los suelos tan cuidados. Es una finca muy antigua y con mucho estilo. Además, éste es el principal, el mejor piso de la casa. Tiene los balcones tan amplios… ¿Has visto las barandillas? Es un magnífico trabajo de forja.

Antes de que pudiera contestar, la abuela siguió detallando las maravillas de su salón.

—La mayoría de los muebles son antiguos, heredados, ¿verdad, mamá? La vitrina de las campanillas era de Eugenia de Montijo y la consola isabelina…

A mí lo que me interesaba era el despacho. Si en algún lugar se podía esconder aquello que había visto en el cuarto de tía Dely, era allí, entre el polvo y los mil adornos, detrás de los sillones o bajo las faldas de las mesas que caían a plomo por el peso de los galones y las pasamanerías.

Las abuelas hablaban de muebles, uno de los temas preferidos de la familia de mi padre. Discutían sobre la procedencia de una delgada bailarina de porcelana que dormía su aburrimiento en la repisa de la chimenea del salón.

—Fue un regalo de boda —insistía la bisabuela levantando los codos como si fuese a echarse a volar.

—No, mamá. Te la trajimos Luis y yo de París, ¿no lo recuerdas?

Me preguntaba cuándo podría volver al despacho. Tenía que buscar un momento en el que las abuelas no pudieran sorprenderme y, además, tenía que ser de día. Sólo pensar en entrar de noche me daba escalofríos. Por otro lado, necesitaba terminar de recorrer la casa para despejar las oscuras sensaciones que me producían los pasillos.

—... Que sí, era una pareja, el bailarín y la bailarina. Los trajimos de París, es porcelana de Sévres.

—Pero… el bailarín se rompió —dijo lentamente la anciana mirando en sus recuerdos—. Se hizo añicos, añicos…

Mi abuela cortó la conversación de raíz removiendo la ensalada, haciendo chocar las cucharas.

—Tesa, ¿te gusta con vinagre o con limón?

Sirvió a su madre, le acercó el vaso con agua, le cortó el pan y luego el filete en trocitos pequeños, desdobló y dobló su servilleta, arrimó su silla, suspiró y se volvió a mí con gesto agrio.

—Ah, Tesa. Olvidé recordarte esta mañana que no se puede entrar al despacho. Está sucio y revuelto y no tiene nada interesante. No merece la pena, es una habitación que no usamos nunca y es mejor que no pases. ¿Me has entendido?

Asentí. Siempre me sorprendía la forma en que mi abuela, habitualmente tan equilibrada, cambiaba de humor ante ciertos temas. La había visto pasar de la más suave dulzura al gesto más duro y el tono más áspero. Era toda paciencia para con su madre, que a veces resultaba muy pesada, y de pronto, un detalle como el de la figurita de porcelana hecha añicos tenía el poder de transformarla.

—¿Qué vas a hacer esta tarde? ¿Vas a salir?

—¿Yo? —pregunté confundida.

—Es viernes y aquí está todo muy cerca. Puedes ir al cine o a merendar. También puedes pasear por la plaza de Oriente y visitar el palacio. ¿Has visto el palacio? A ti, que te gustan tanto la arquitectura y las antigüedades... Llevas tres semanas sin salir de casa. ¿No tienes amigas?

—Ya no.

—¿Por qué no sales con tus primas? —preguntó la bisabuela.

—Sí, podrías llamarlas —apuntó mi abuela—. Son muy divertidas, como Dely cuando era joven.

Me encogí de hombros. Casi no conocía a mis primas, sólo habíamos coincidido en la mesa de Navidad, pero las recordaban riendo y cuchicheando por lo bajo, como dos ardillas.

—Adela es mayor que Teresita, ¿no? —empezó la anciana.

—No, mamá, es cuatro meses menos que Tesa.

—Entonces, Jessica es…

—Jéssica, mamá, se dice Jéssica. Lleva acento en la «e».

—Con estos nombres que ponéis ahora… —protestó mi bisabuela.

Salir… Claro que me apetecía salir, pero para no volver por aquella casa llena de rincones.

Me entretuve imaginando cómo escapar. No era difícil, se trataba de coger un taxi a la estación y un tren a cualquier parte. Pero era como caer al vacío. ¿Qué podía hacer una chica de quince años sola, andando por las calles de cualquier ciudad con la cantidad de peligros y de gente rara con la que me podía encontrar? No había más que escuchar las noticias todos los días para estar advertida. Además, en cuanto me echasen de menos, me buscaría la policía y… No, no era una solución inteligente.

—Tesa —me sobresaltó mi abuela—, ¿no comes? Has dejado medio filete. ¿No te gusta?

—Sí, pero no quiero más. No tengo hambre.

—¿No estarás comiendo chucherías?

—Casi no ha desayunado esta mañana —apuntó la anciana.

—Pero hasta ahora estaba comiendo bien, incluso demasiado.

—Pues no tiene buena cara.

Otra solución era llamar a mamá y decirle que quería irme con ella, pero eso supondría tener que buscar un colegio o un instituto en Barcelona a dos semanas de empezar el curso. Además, mamá y Mateo estaban viviendo en una habitación, en casa de una compañera de mi madre, a la espera de encontrar un piso en alquiler cerca de las pistas donde entrenaba mi hermano. Todo estaba muy reciente y sin acomodar. La voz de mi madre sonaba agobiada cuando hablaba por teléfono, aunque ella intentara ocultarlo. No, no debía crear problemas.

—Un poco de fruta sí comerás, ¿verdad, Tesa? ¿O prefieres un flan?

Me serví cuatro fresas para que me dejase en paz.

También podía llamar a papá y contarle lo que me estaba pasando. Le imaginé sentado en el puente del barco frente a una serie de radares, ordenadores y monitores, intentando entenderme entre las bajadas de cobertura del móvil y las señales de los aparatos. ¿Cómo se lo contaría? ¿Le diría que la casa en la que él había nacido y había vivido treinta años me daba miedo y que había visto un ser verdoso de ojos rojos a los pies de la cama? Me sonó tan estúpido y caprichoso que imaginé a mi padre riendo como si le hubiera contado un chiste.

Suspiré, me serví tres fresas más y una cucharada de nata y decidí que lo mejor era enfrentarme a mi miedo y esperar. Papá y Charlie volverían en noviembre.

—Mira, mira como sí le apetecen las fresas —chirrió entre risitas mi bisabuela.

Decidí ocupar la tarde en terminar mi expedición por la casa. Me hubiera gustado volver al despacho, abrir de par en par los dos balcones y encender todas las luces, pero era viernes y el médico que visitaba a mi bisabuela merendaba y charlaba con mi abuela hasta bien entrada la tarde, en la pequeña salita que formaba el comedor con el pasillo de la entrada, la habitación que mis abuelas llamaban gabinete o salita de té.

Recorrí de parte a parte el pasillo del otro lado del piso, al que se abría la habitación de tía Dely. No había nada en él, ni siquiera muebles; era demasiado estrecho. Una de las paredes daba a un patio al que se abrían dos ventanas con cristales emplomados. En la otra pared se sucedían las puertas, una detrás de otra, todas iguales, y algunos cuadros con mapas antiguos. Al fondo, un cortinón marrón con flecos forraba de arriba abajo la pared que cerraba el pasillo, junto al cuarto de mi tía, el que yo ocupaba.

La habitación anterior era el cuarto de mi padre. En ella se mezclaban su vida de niño con sus cosas de hoy, que había colocado deprisa y corriendo, antes de marcharse. La siguiente parecía otro dormitorio; había una cama y dos mesillas, un ropero y muchos muebles más colocados sin orden, cajas apiladas y cuadros apoyados en las paredes. Junto a la puerta había un desconchado caballo de madera y dos casitas de muñecas, una máquina de coser antigua, tres guitarras, una bicicleta... Aquello, que fue dormitorio en otra época, se usaba como trastero, el trastero al que Remi tenía que llevar las ansiadas cajas que mi abuela quería verme llenar.

La siguiente habitación era el desangelado cuarto de baño que ya conocía y después, el pasillo daba un giro rápido, empapelado en grises y marcado por una planta de grandes hojas, y se convertía en una pequeña galería interior con cristales de colores, a la que se abría la habitación de mi abuela, y un pequeño cuarto de baño. Ahí acababa aquella boca del pasillo a veces oscura y a veces teñida de extraños reflejos, que tanto me había preocupado cada vez que iba o venía del cuarto de tía Dely.

Sólo me quedaba por revisar la zona de la cocina, que incluía el cuarto de estar que tanto gustaba a mi abuela, y completaba el círculo que el piso dibujaba alrededor del patio central.

Remigia limpiaba verdura para la cena, sentada junto a la mesa de tapa de mármol que presidía la cocina.

—¿Qué quieres? —preguntó sin levantar los ojos.

—Nada, mirar.

La cocina era muy grande y podía ser un estudio de los adelantos en material culinario de los últimos años. Encima del brillante fogón de carbón, original de la casa, estaban el microondas y una parrilla eléctrica. Dentro del armario de madera cruda, una olla rápida curioseaba a través de la rejilla de gallinero de sus puertas. Un lavaplatos se escondía tras una cortina rayada, debajo del enorme lavadero de piedra.

—¿Qué hay en esa puerta?

—La despensa —respondió cortante.

—¿Y en ésa?

—El lavadero y mi cuarto —contestó impaciente, y añadió—: Pero pasa, hija, pasa. No te quedes con las ganas.

El lavadero tenía, además de la pila de granito, una lavadora y una secadora y todos los trastos de planchar ordenados meticulosamente en una estantería. El cuarto de Remigia era lo más sobrio de la casa, sólo una cama estrecha, un armario desnutrido y una silla. La única decoración eran unas estampas y alguna foto clavadas con chinchetas sobre el cabecero. Detrás de una cortina, un retrete, una ducha y un lavabo.

—Qué, ¿te ha gustado?

—Sí —contesté seca—. Es muy serio, te va mucho.

Remigia masculló algo entre dientes.

Ya iba a salir de la cocina cuando me fijé en la puerta del fondo. Tenía mirilla y cerradura con cadena.

—¿Y esa puerta?

—¿Qué le pasa a la puerta?

—¿Adónde va?

Soltó el pelaverduras sobre la mesa, se levantó secándose las manos, descorrió de malos modos la cerradura y la cadena y abrió la puerta. Una escalera de metal enrejada se derretía hasta el fondo oscuro de un estrechísimo patio gris por el que se arrastraba, cubierto de pelusas, el contrapeso del ascensor.

—Esa puerta siempre tiene que estar cerrada —dijo Remi, que había retomado su tarea en la mesa—. Con doble llave y con la cadena. ¿Has entendido? Con llave y cadena.

—¿Sale a la calle?

—Llega hasta el sótano —me aclaró—, pero por ahí se puede colar alguien. Hoy en día, no se puede una fiar de nada. El portero está más tiempo en el bar que en su puesto. Toda precaución es poca.

Salí de nuevo al pasillo. Ya había recorrido toda la casa y los recodos y los giros del pasillo ya no eran misterios. Era realmente un piso magnífico que pedía a gritos una reforma. No era tan oscuro como me había parecido al principio. Eran las paredes empapeladas con estampados repetidos metros y metros, las ventanas veladas, las pesadas cortinas, los techos interminables… y tantos escondrijos.

Tenía que desechar la idea de buscar aquel ser verdoso. Podía esconderse en cualquier rincón y nunca lo descubriría. Incluso podía haber una docena de ellos y nunca los encontraría. Una docena… o más. Tal vez había familias enteras y las tres mujeres de la casa no se habían dado cuenta.

Volvía a sentir con más fuerza la sensación de náusea y el temblor de mis rodillas. Caminé deprisa hasta la habitación de tía Dely y cerré la puerta con cerrojo.

«Si no le gusta a la abuela, que se aguante», pensé.

La cama estaba hecha y todo recogido. Remigia había estado limpiando, aunque no había tocado mi ropa ni ninguna de mis cosas, aún empaquetadas.

Abrí el balcón de par en par. Aquella fachada daba a una calle muy estrecha que subía muy empinada, cerrando las líneas hasta acabar en una rendija. Hacia abajo se veían la plaza y la iglesia de tres puertas que había visto de frente desde el despacho de mi bisabuelo. Me quedé un rato observando pasar a la gente de un lado a otro. La mayoría eran turistas que se paraban de tanto en tanto para sacar fotos o mirar un escaparate.

Estuve acodada en la barandilla hasta que se me empezaron a dormir los brazos y el olor a fritanga del bar de enfrente me obligó a cerrar el balcón.

Estaba aburrida. Si hubiera estado en mi casa, me hubiera tirado en el sofá a ver la tele, pero en aquella casa, el único televisor que había estaba en el cuarto de estar. Sin embargo, tal vez podría... ¿Cómo no lo había pensado antes? Instalaría el ordenador y vería la tele en el monitor.

Me llevó un buen rato encontrar, entre mis cosas, todos los cables y reunir el teclado, el ratón, el módem...

Tuve que correr la gruesa mesa de escritorio de tía Dely para encontrar el enchufe del flexo. Sólo había uno, necesitaba una regleta de enchufes, y tampoco encontré la salida de teléfono de la habitación. Fastidiada, me conformé con jugar con la consola de mano hasta la hora de cenar.

—Abuela, necesito una regleta de enchufes para poner el ordenador y la impresora —dije mientras Remi servía la cena.

—¿Tenemos de eso? —preguntó mi abuela.

—¿Cómo es? —preguntó a su vez Remi.

—Son muchos enchufes juntos con una clavija que se enchufa en el de la pared —intenté explicar.

—Pues... no sé.

—Sí, mujer —se estremeció la bisabuela—, eso que ponéis en Navidad para dar luz al portal y al ángel al mismo tiempo.

—Ah, sí. En la caja de las cosas de Navidad.

—Luego te lo doy —rezongó Remigia llevándose la sopera a la cocina.

—Y la toma del teléfono... ¿dónde está?

—Aquí —contestó la abuela—, debajo de la ventana.

—Habrá otra en el despacho —apuntó Remi.

—No, la del cuarto de tía Dely.

Me miró como si estuviese hablando de algo escandaloso.

—No, en las habitaciones no hay teléfono.

Entonces me entró el pánico.

—¿Tienes conexión a Internet?

—¿Conexión? Eso de Internet lo tienen los ordenadores, ¿no?

—Sí, abuela, pero hay que conectarlos a la red telefónica y hay que tener dada de alta la conexión a Internet.

—Pues eso costará dinero —comentó con una risita la bisabuela—. Los de la telefónica te cobran hasta por parpadear.

La abuela hizo un gesto con las manos como para apartarse algo que la molestaba y dijo:

—Mira, Tesa. Eso, cuando vuelva tu padre, se lo dices. Yo no entiendo de esas moderneces.

—Pues lo voy a necesitar para estudiar y hacer los trabajos del instituto —protesté enfadada, recostándome hacia atrás en la silla.

—Vamos, vamos —intervino la anciana intentando mantener quieta su servilleta—. Tu padre es ingeniero y, cuando estudió, no tenía *interneces* de ésos. Es que ahora le echáis mucho cuento al estudio.

—Y pocas ganas —remató la abuela.

Me levanté de la mesa fastidiada y ofendida y salí pisando fuerte hacia la habitación. Todavía en el pasillo pude oír la risita divertida de la bisabuela.

—Mira la mocosa, qué humos tiene.

Caminé deprisa hasta la puerta de la habitación y, antes de entrar, miré hacia atrás para comprobar si mi abuela había salido detrás de mí. En ese momento lo vi de nuevo. Se asomaba en el marco de la puerta del cuarto de baño. Vi, perfectamente, su cabeza aplastada y el recorte de sus orejas contra la madera blanca. Una manita, como la de un muñeco, se sujetaba en la hoja entreabierta. Sus ojos, de un rojo intenso, estaban fijos en los míos.

Yo estaba paralizada, pero la sangre parecía querer salir por mis poros. Mi mente, sin embargo, trabajaba a toda velocidad.

«Sí, está ahí. Es el mismo de anoche pero esta vez, está en el cuarto de baño. Si paso a la habitación y cierro la puerta, podré dormir con la seguridad de que no está dentro del cuarto», pensé.

Me moví despacio, sin dejar de mirarle. Entré en la habitación y cerré la puerta de golpe. Ya estaba segura, le había dejado fuera. Lo peor era que no podría entrar al baño ni lavarme los dientes.

Empujé la pesada butaca Art Decó, que era lo único que me gustaba de la habitación de tía Dely, hasta apoyarla y trabar la puerta por si aquella cosa intentaba entrar.

Me subí en el respaldo para comprobar que el montante estaba cerrado y respiré. Encendí el flexo del escritorio, situé la luz mirando hacia la pared para que no me molestase, y me acosté.

Temblaba bajo las sábanas. Ahora estaba segura, no era producto de mi imaginación. Era un ser de ojos rojos que me observaba tan asombrado como yo le observaba a él. Ahora, el miedo se mezclaba con las preguntas:

—¿Qué será? ¿De dónde habrá salido? ¿Qué querrá? ¿Por qué sólo lo veo yo? ¿Por qué me mira así?

Y sólo encontraba una pobre reflexión tranquilizadora:

—Si hubiese querido hacerme daño, ya lo habría hecho.

El sueño y el cansancio vencieron mis miedos muy tarde, cuando ya se habían bajado los cierres del bar de enfrente, los coches pasaban de tiempo en tiempo y aquel sonoro chasquido había sacudido los cristales de las ventanas del pasillo, marcando su territorio.

Capítulo cuatro

Me levanté muy tarde. Me había dejado las persianas sin cerrar y las cortinas descorridas la noche anterior y la claridad iluminaba toda la habitación, apabullando al flexo.

Antes de conseguir abrir los ojos a tanta luz, ya había vuelto la náusea a mi garganta. Allí, encerrada, estaba segura, pero no podía quedarme para siempre. Seguro que vendrían a por mí. Ya me había saltado el desayuno y además tenía muchas ganas de ir al baño.

La mañana estaba preciosa. Me llegaba el delicioso olor a bollos del obrador de aquella famosa pastelería de la acera de enfrente. La calle estaba muy animada con los primeros turistas, que buscaban fotos y recuerdos, y los clientes del cercano mercado de frutas, que iban y venían con bolsas cargadas.

Me vestí, retiré la butaca de la puerta y salí con cuidado y con el bote de laca en la mano, hacia el pasillo. Aquel bicho verdoso podía estar en cualquier parte.

Todo estaba despejado y el pasillo mostraba, a la luz que conseguía colarse por los rugosos cristales de las ventanas, toda su vejez. La puerta del baño estaba abierta y el olor a lejía escapaba sin vergüenza. Remigia ya había hecho la limpieza. La puerta del cuarto de mi padre y la del trastero estaban cerradas. Aquel ser de ojos brillantes había tenido que ir hacia el recodo del pasillo, que llevaba al cuarto de la abuela y a la cocina, o hacia el otro lado del pasillo, es decir, hacia mí, hacia la puerta de tía Dely, que era la última y casi formaba ángulo con el fondo cegado del pasillo, decorado con aquella cortina de terciopelo marrón con gruesos flecos dorados.

Aquella cortina horrible, que no tenía más razón de ser que tapar la pared del fondo, me daba aprensión. Con lo bien que hubiera quedado allí un espejo dorado que repitiera la poca vida que les quedaba a las ventanas y crease un punto de alegría. Porque… detrás de aquel cortinón sí podía esconderse el bicho verdoso y diez como él.

Miré por las rendijas que dejaba la cortina a los lados y por debajo, buscando unos pies, como en las películas. No se veía nada. Si quería ir al baño sin la amenaza de que me cogiera por sorpresa, tenía que levantar aquel telón y estar segura de que no estaba allí o descubrirle y dejarle tieso a fuerza de laca. Y tenía que decidirme enseguida, porque me estaba haciendo pis.

Entré de nuevo al cuarto y busqué rápidamente con la mirada algo que me permitiese levantar la cortina sin acercar demasiado la mano. Agarré la raqueta del montón de mis cosas y salí con cautela cerrando la puerta para evitar que, en su huida, aquella cosa se volviese a meter en la habitación.

Me acerqué con cuidado, con la raqueta en una mano y el bote de laca en la otra, y descorrí el cortinón a la derecha al tiempo que gritaba:

—¡Heeeeey!

Pero no había nada, ni siquiera el muro de pared que esperaba ver. Había una puerta blanca, gemela de las que habitaban el pasillo. Giré el picaporte y la hoja cedió, dejando escapar una bocanada de aquel olor ácido que había notado en el despacho. Volví a cerrar con cuidado, porque ya no podía más, necesitaba entrar al baño, y porque desde el recodo del fondo llegaban los pasos de goma de Remigia, que venía refunfuñando:

—A ver qué pasa ahora. Tarde y con daño.

Al verme exclamó:

—¡Vaya, ya has dado el ombligo!

—¿Queeeeeé?

—Nada, que por qué gritas.

—Para espantar una cucaracha —improvisé.

Remigia se molestó como si le hubiese insultado a la familia.

—¿Una cucaracha? ¿Dónde has visto una cucaracha?

—Aquí —dije señalando los flecos de la cortina.

El tono de Remigia se hizo más bajo. Se acercó a la cortina y la corrió de nuevo cubriendo la puerta. Suspiró como quien aguanta una carga insoportable y dijo sin mirarme:

—¿Quieres desayunar?

—¿Puedo? O se enfadarán las abuelas.

—No están. Han ido a una boda aquí cerca, a la catedral.

—Entonces sí quiero el desayuno. Gracias, Remi.

—Te lo pongo en la cocina.

Y se alejó hacia el recodo, aprovechando el viaje para pasar el trapo que siempre llevaba prendido en la cintura por los picaportes de todas las puertas.

Llegué corriendo al baño, sin tiempo para guardar precauciones, y comprobé aliviada que aquella cosa tampoco estaba allí.

«Aquí no puede esconderse», pensé luego, mientras me peinaba. «Como no se meta debajo de la bañera»...

El cuarto de baño era casi tan grande como las habitaciones, pero tenía muy pocas cosas. La bañera, pintada de verde por fuera, se apoyaba sobre cuatro patas que dejaban ver la luz bajo ella de parte a parte. El retrete, que era muy grande, estaba subido en un escalón forrado con las mismas losetas blancas y negras que el resto del suelo, y desde allí, parecía presidirlo todo. El lavabo, muy tieso sobre su único pie de porcelana, y una banqueta delgadita completaban el mobiliario. Los frascos, jabones, cepillos y peines se alineaban en el borde de la bañera o en la repisa de cristal que, casi de parte a parte, recorría la pared del lavabo, bajo el picado espejo que intentaba, en vano, mantener su dignidad.

—Esa puerta de detrás de la cortina, no la abras nunca— me dijo Remigia nada más entrar en la cocina.

—¿Por qué?

—Es una puerta que da al despacho y ya sabes, el despacho no se pisa.

—¿Hay bollos o galletas?

—No comas mucho que te voy a hacer la comida enseguida.

—¿Voy a comer sola? —pregunté sospechando que la abuela me había castigado a comer en la cocina por el desplante de la noche anterior.

—Las señoras están de boda, ya te lo he dicho. Se casa la nieta del abogado de tu abuela. Y dan comida.

Respiré aliviada. Resultaba mucho más interesante comer con Remigia en la cocina que en aquella mesa, estampada de bordados, en la que los comentarios pinchaban más que los tenedores.

Me senté en el sillón de mi abuela a ver la tele pero no tenía ninguno de los canales temáticos en los que yo solía seguir algunas series. Apagué el aparato y llamé a Mateo.

Mi hermano estaba solo en la habitación en la que vivían; mamá tenía guardia en el hospital y volvería tarde. Estaban bien. Mateo me contó, entre términos técnicos, los momentos más interesantes del partido que había ganado en competencia con otra escuela de tenis francesa.

—¡Ha sido fantástico! —exclamaba emocionado—. Me han felicitado todos en la escuela, hasta el profesor de matemáticas, que es muy borde y parece que se ha tragado una raqueta.

—¿Ya has empezado el curso?

—Sí, empezamos el lunes. Tengo clase aquí, en la misma escuela de tenis, tres días por semana y no ponen mucha tarea. Lo que más te exigen es el inglés, pero no se me da mal.

—El inglés es muy importante si quieres dedicarte al tenis —dije para animarle a estudiar y continué intentando hacerle comprender el mal efecto que causa un deportista, por famoso que sea, si no puede defenderse con una cultura media.

—Papá me mandó un *mail* —me informó Mateo—. Dice que te ha escrito varios mensajes pero que no recibe nada tuyo. Le dije que había hablado contigo y que estabas bien.

—No puedo contestarle. La abuela no tiene Internet.

Mi hermano se quedó callado un momento y luego, con tono preocupado, dijo:

—Tenías que haberte llevado tú el portátil y nosotros la torre. Podrías conectarte en cualquier sitio con señal.

—Ya, pero mamá necesita el portátil.

—Sí... Bueno, tengo una idea. Puedes bajar a la calle y conectarte desde un *ciber* o un locutorio —intentaba darme soluciones Mateo, rebosante de entusiasmo, como siempre—. En la glorieta de San Bernardo hay un sitio en el que te puedes conectar. Un día fui con Nacho y Arturo, cuando aquel trabajo sobre los fractales…

Era una buena idea. Seguro que podía encontrar cerca de casa de la abuela un lugar donde conectar con papá, revisar mi correo, entrar en mis foros para ver las novedades y buscar todo lo que haya en la red sobre bichos verdosos de cabeza aplastada. Lo peor era dejar tanto tiempo la legión del juego de rol *online* en el que participaba.

Volví a mi cuarto para hacer tiempo hasta la hora de

la comida y me entretuve en colgar mi ropa, apartando a un lado algunas prendas antiguas de tía Dely.

Remi había puesto unos pequeños manteles de rafia sobre el mármol de la cocina.

—Ya que comemos solas —comentó—, he preparado espaguetis con nata y champiñones. ¿No es tu plato favorito?

—¡Huuummmm, sí! Gracias, Remi. ¿Cómo lo sabes?

—¿Que es tu plato favorito? Lo comentaste aquí con tus primas y tu hermano el día de Navidad, cuando entrabais en la cocina a robar polvorones.

—¡Qué buena memoria! —exclamé agradecida.

Se sentó frente a mí. Había preparado la pasta en dos platos de horno y los había gratinado.

—Cuidado, quema —me advirtió—. Cuando yo era joven, se llamaban tallarines.

—No, los tallarines son como cintas, éstos son espaguetis.

Y empezamos hablando de los nombres de las comidas y pasamos a recordar costumbres del pueblo de Remi y yo llevé la conversación, con intención, hacia las normas que regían cada familia.

—Por ejemplo —dije con aire inocente—, ¿por qué no permite la abuela que entremos en el despacho? ¿Por guardar la memoria y el recuerdo de mi bisabuelo? Si hay algo de valor en esa habitación se estropeará con el tiempo y ya no servirá para honrar la memoria de don Baltasar de Garciherreros.

—No creo que las señoras guarden el despacho para

honrar la memoria del don Baltasar —meditó Remigia sirviendo las croquetas—. Pienso que no quieren entrar en el despacho para no remover malos recuerdos.

—¿Qué recuerdos?

—Todo aquello que pasó hace tantos años.

—¿Qué paso? —pregunté muy interesada—. Nadie me ha contado nada.

—¿Lo has preguntado alguna vez?

—No.

—¿Te has interesado por cómo murió tu abuelo Luis o don Baltasar?

—Pues... no —contesté un poco avergonzada.

—Mira que sois despegados —reprochó Remi—. Tenéis abuela y bisabuela, que ya es un lujo, y sólo venís a verlas el día de la madre, llamáis para los santos y cumpleaños y coméis con ellas el día de Navidad. Vaya una familia. Si yo hubiera tenido abuela…

—Vivimos…, vivíamos lejos —corregí.

—¿Lejos? Torrelodones está a media hora en ese coche tan alto que tiene tu padre. Es que da mucha pereza dejar la piscina y los amigos para escuchar las bobadas de unas viejas, ¿verdad? Pero esas viejas tienen sentimientos y ya no les queda más alegría que ver crecer a sus hijos y sus nietos.

—No me regañes, Remi. Yo no podía venir sola al centro, ni hacía los planes en mi familia.

Remigia suspiró y añadió:

—Ya lo sé, pero hay teléfonos para llamar más a menudo. Todos tenéis uno de ésos en la mano para deciros tonterías, pero no se os ocurre llamar a la abuela para saber si le duele algo. Tu tía Dely y sus hijas tampoco vienen por aquí, ni llaman, y eso que Dely no trabaja y las chicas vienen a menudo a los cines de Gran Vía.

—Pero ahora estoy aquí, ya soy mayor y me gustaría saber cosas de mis abuelos —dije intentando copiar aquel entusiasmo que tan buenos resultados le daba a Mateo.

—¿Y qué quieres saber?

—Lo que pasó en el despacho.

Remigia dudó.

—No sé si a tu abuela le gustará que te lo cuente.

—No se enterará.

—¿Seguro?

—Te lo prometo.

Recogió la mesa, me sirvió una enorme bola de helado coronada por trocitos de almendra y, mientras se preparaba un café, empezó a relatarme con detalle lo ocurrido en aquella habitación.

—Esto pasó en otoño, en el mes de octubre, hace unos... veinticinco años. Desde que se jubiló, don Baltasar pasaba la mayor parte del tiempo en su despacho. Escribía mucho, sobre todo por las mañanas. Yo oía la máquina cuando hacía la limpieza de los dormitorios de los chicos, quiero decir de tu padre y de tu tía.

Se sentó de nuevo frente a mí con su taza de café.

—Recibía muy pocas visitas, raras veces venían unos señores de muy buen porte, que pasaban horas y horas hablando y bebiendo jerez. A la mañana siguiente, tenía que fregar los vasos, rellenar la licorera y volver a su sitio libros y carpetas. Espera —se interrumpió para acercarse a la despensa y servirse un poco de coñac en la taza—. Tus abuelos vivían aquí. Siempre vivieron aquí, desde que se casaron. Tu abuela nunca quiso dejar a sus padres. Adora a doña Adela, ¿no te has dado cuenta?

Asentí. Realmente mi abuela se desvivía por su madre.

—Doña Adela está muy mayor, pero de más joven era encantadora. Reía por todo y llenaba la casa de calma y alegría. Tu padre tiene un carácter parecido, con esos ojos tan azules y esa serenidad contagiosa…

Me encantaba oírla contar versiones de las cosas que yo conocía de otra manera. A mi madre le desesperaba la calma de mi padre. No hacía mucho había oído desde la piscina cómo mamá le decía: «Tú, con poner cara de panoli, lo arreglas todo».

—Bueno, a lo que iba —retomó Remigia el relato—. Fue como a las nueve de la tarde. Yo estaba planchando las sábanas, lo recuerdo como si fuese ahora mismo, y de pronto sonó como un estallido y chisporroteó la plancha. Se apagaron todas las luces. Tu tía Dely, que andaba robando chocolate de la nevera, salió despedida y cayó de culo en mitad de la cocina. Al mismo tiempo, oímos un horrible grito en el despacho. Fue como si toda la casa retumbase en un destello, para después quedarse a oscuras por completo.

Calló un momento, como sintiendo en el estómago las impresiones recordadas.

—Tu abuelo Luis y tu padre, que entonces tenía dieciocho años, estaban viendo el fútbol aquí, en el cuarto de estar, y salieron corriendo: tu padre hacia el cajetín de los fusibles y tu abuelo hacia el despacho. Antes de que tu padre terminase de conectar los fusibles, ya habíamos llegado todos al despacho y la escena que vimos...

Remigia se frotó suavemente los brazos, conteniendo un escalofrío.

—Don Baltasar estaba medio desnudo sobre la alfombra, con el cuerpo abierto y ensangrentado. Parecía como si una bestia le hubiera dado un zarpazo desde la raíz del pelo hasta el vientre. Le faltaban mechones en el pelo y la barba, tenía los ojos fuera de las órbitas y los pies..., los pies eran sólo dos muñones requemados.

La mujer se tomó el resto del café de un sorbo.

—No..., no sé si debo seguir hablando de esto. Nunca se lo he contado a nadie.

—No puedes dejarlo a medias, Remi. Además, yo también soy de la familia, debo saberlo.

Remigia sacudió la cabeza convencida, tragó saliva y, en tono más grave, continuó:

—Tu abuelo, que había llegado antes que nosotros, debió de ver algo de lo que ocurrió, porque estaba tirado en el suelo, apoyado en el piano, con la boca y los ojos muy abiertos, como paralizado por el espanto.

Retiró su taza y mi bol vacío y pasó una bayeta por el mármol.

—Te puedes imaginar la escena: doña Adela tenía un ataque de nervios; tu abuela intentaba reanimar a don Luis; tu padre corría de un lado a otro buscando una toalla mojada, llamando una ambulancia, a la policía... Yo lo único que recuerdo de aquel momento es el esfuerzo que tenía que hacer para impedir que tu tía Dely, que tenía unos trece años, entrase en el despacho.

Suspiró, puso la pastilla de detergente en el lavaplatos, se enjuagó las manos y descolgó de detrás de la puerta su bolsa de labor.

—Eso es todo. Inyectaron un calmante a tu bisabuela, se llevaron a don Luis al hospital, subieron a Dely con la vecina del tercero y esperamos a que la policía terminase de investigar y el juez ordenase el levantamiento del cadáver de don Baltasar, de lo que quedaba de él. La policía estuvo investigando unos días. Nos dijeron que no tocásemos nada y eso hemos hecho.

—Pero ya han pasado muchos años.

—Sí, ya lo sé, pero las señoras no quieren remover aquella parte de sus vidas. Es demasiado dolorosa. Al principio pensaron en dejar la casa y mudarse al campo, pero fueron dejando correr los días y... así estamos.

Sus agujas de tejer eran tan rápidas que era imposible seguir la técnica del punto.

—¿Qué había ocurrido? —pregunté—. ¿Qué dijo la policía?

—Dijeron que podía haber sido un rayo que hubiera entrado por el balcón, pero yo no creo que sea ésa la explicación.

—¿Por qué?

—Porque no había una sola nube en el cielo, los balcones estaban cerrados y, fuera de una quemadura en la alfombra, a la altura de donde quedaron los pies de don Baltasar, no había ningún otro signo de fuego. Además un rayo te calcina, o te mata de una descarga, pero no te revienta como si hubieses explotado. Que yo he visto en mi pueblo un par de vacas alcanzadas por rayos. No, eso no fue un rayo. Don Luis tuvo que llegar a tiempo de ver algo pero no pudo contarlo; apenas duró tres días y no recobró el sentido.

Se interrumpió un momento para deshacer un nudo en la hebra de lana y luego explicó:

—El médico de la señora dijo un día que podía haber sido un caso de combustión *pestánea.*

—¿Qué es eso?

—Pues por lo visto, uno está tan tranquilo en su butaca y de pronto se enciende como una cerilla.

—Ah, sí, lo he visto en la tele: combustión espontánea.

—Eso, pero el doctor dijo que eran casos muy raros.

Remi suspiró, se encogió de hombros y añadió:

—Fuera lo que fuese, el caso es que algo horrible ocurrió aquella tarde. Se llevó dos vidas, la felicidad de una familia y la alegría de doña Adela.

—Bufff... ¡Qué tragedia!

—¿Comprendes ahora por qué tus abuelas no quieren saber nada de esa habitación? Si pudieran, la separarían con un cuchillo como si fuese un trozo de pastel, y la tirarían al Manzanares.

—Pero no sólo las abuelas, mi padre nunca me lo ha contado y él lo vivió de cerca.

—Todos quieren olvidar pero, mientras esa habitación siga ahí sin ventilar y sin limpiar, el recuerdo les acechará cada vez que pasen por delante de la puerta. Yo me he ofrecido varias veces para pasar y limpiar, pero no quieren escucharme —se lamentó Remigia—, y de ahí es de donde salen esas cucarachas, como la que has visto esta mañana, y huele mal.

—Si sólo fueran cucarachas —dije como para mí.

—Además —continuaba Remi absorta en contar los puntos a la vez que hablaba—, convendría ver qué tenía allí el señor. Puede haber dinero, documentos, joyas… Hay una caja fuerte detrás del tapiz y relojes y medallas en los libreros… Pero nada, no quieren ni que les hable de ello.

—¿Qué tejes?

—Ropita para bebé. La llevo a la parroquia.

—Qué bonito —dije acercándome a ver el jersecito azul que colgaba de la aguja.

—Va con una capotita y unos patucos, pero no sé qué he hecho con una de las botitas. Pongo la bolsa tras la puerta cuando recojo la labor pero no sé…, la he perdido. Tendré que hacer otra.

Capítulo cinco

Me costó encontrar un sitio para entrar en Internet. Había cafeterías y tiendas que tenían señal, pero no encontraba un lugar en el que tuvieran también ordenadores. Por fin encontré un oscuro local en el que, por unos euros, conseguí revisar mi correo, contestar a papá y a mi amiga de California, dar una pasada por mis sitios habituales y mandar un aviso de ausencia a todos mis contactos. No podía prever cuándo volvería a entrar.

La tarde estaba preciosa y apetecía pasear. Las calles llenas de tiendas y las oleadas de gente en uno y otro sentido me aturdían un poco. No estaba acostumbrada a pasear por el centro. Para ir de compras, papá o mamá nos llevaban en el coche y casi siempre comprábamos en los grandes centros comerciales de las afueras. Nuestras salidas más arriesgadas entre amigas, cuando aún las tenía, eran al cine o a merendar en aquellas galerías que tenían varias salas juntas, en las que podíamos escoger la película sin haberlo pensado antes y comprar las palomitas y los refrescos en una tienda contigua. Un lugar al que nos llevaba en coche alguno de los padres y nos recogía a una hora convenida.

Tenía miedo de perder la orientación entre tantas esquinas parecidas y tantos carteles; por eso, procuré no alejarme demasiado.

Entré en una tienda de zapatillas deportivas para curiosear un poco, me compré un sabroso bocadillo de calamares fritos, pasé a preguntar el precio de una chaqueta que me combinaba bien con un jersey que ya tenía, repasé los colores nuevos de los maquillajes de otoño... y, cansada y un poco mareada, decidí volver a casa despacito.

No me apetecía entrar. Volver al piso era reencontrarme con aquel ser de ojos alargados o, por lo menos, con la sensación de poder verlo en cada pliegue de cortina, en cada rincón, detrás de cada puerta…

Había llegado a la placita que se abría frente a la fachada. Realmente era una hermosa fachada. El piso de mi abuela se destacaba entre todos los demás por los adornos de yeso de su balcón central y por la barandilla corrida que abrazaba varios huecos.

Me senté en el primer escalón de la escalera de piedra que compensaba el desnivel del suelo. Desde allí podía contemplar la casa a mis anchas. Las abuelas no debían de haber vuelto todavía de la boda porque las persianas del salón no estaban cerradas y ésa era una labor que hacía cada tarde mi abuela, después de regar personalmente las plantas.

La casa tenía líneas suaves. Las dos esquinas que quedaban libres eran achaflanadas, simulando piedras grises que creaban un ligero contraste con el crema rosado de la fachada. El piso de mi abuela cubría toda la planta. Lo noté porque dos de los cinco balcones que se abrían a la callecita de la derecha lucían los geranios morados que tanto le gustaban a mi bisabuela. Los dos que terminaban la fachada en la calle de la izquierda, ya en la medianería con la siguiente casa, enseñaban una hilera de frondosas hojas puntiagudas en las que mi abuela era una experta.

Empecé a repartir mentalmente los balcones para hacer tiempo antes de meterme de nuevo en la cueva del monstruo.

Dos de la bisabuela, dos del comedor, uno del salón, y dos pasando la esquina, en la que se situaba la preciosa chimenea de alabastro, dos del despacho… No, había contado mal.

Comencé esta vez por la otra fachada: dos del cuarto de mi abuela y el baño, uno de aquel dormitorio trastero, otro de la habitación de mi padre, el de tía Dely, que ocupaba yo ahora, y girando la esquina, los dos del despacho, los dos del salón y… no podía ser. Los tres balcones del salón no estaban en línea, pertenecían a fachadas distintas. Recordaba perfectamente la luz entrando en dos ángulos diferentes. Entonces... me sobraba un balcón.

Descarté los que eran seguros, giré alrededor de la casa buscando pistas, conté una y otra vez los balcones…

El primer hueco después de la esquina izquierda estaba abierto de par en par. Estaba casi segura de que era la habitación que yo ocupaba. Me eché un poco más atrás, tropezando con algunos viandantes, hasta que estuve segura del todo: se podía distinguir la esquina rizada de aquel descolorido póster de Queen que coronaba el escritorio de tía Dely.

No había duda, me sobraba un balcón entre el despacho y el salón o entre el despacho y la esquina.

La curiosidad podía más que mi miedo y subí al piso deprisa, pensando en investigar antes de que volvieran las abuelas.

Saludé a Remi, que preparaba la cena y entré al salón.

Tal y como lo recordaba, el salón tenía dos balcones a la fachada principal y uno a la calle de la derecha. Ahora tenía que comprobar a qué habitación pertenecía el siguiente balcón de la fachada principal, pero para eso tenía que pasar al despacho.

Con las abuelas a punto de llegar, no me podía arriesgar a entrar en la habitación prohibida… Tal vez, desde el balcón del salón, podía ver algo de la habitación contigua.

Me asomé con cuidado y descubrí que el segundo balcón de la fachada principal compartía barandilla con los dos siguientes. Sólo tenía que agacharme un poco para pasar por debajo de una pletina de hierro, rematada con una bola de latón brillante, que marcaba la división entre los huecos. Pasé al siguiente balcón y miré dentro, entre las rendijas que me permitían las persianas. Todo estaba oscuro, ni un reflejo, ni una sombra. Ya me estaba desanimando cuando descubrí en el polvo del suelo media huella de una pisada con suela de corazoncitos. ¡Mis chanclas! Aquél era el balcón que yo había cerrado con tanta prisa el día anterior. Sin duda era el despacho.

Pasé bajo la siguiente pletina y miré, aunque estaba segura de que era el segundo hueco del salón. Tampoco se veía nada pero la bola de latón correspondiente a la pletina estaba herrumbrosa, a diferencia de la anterior, que seguramente Remigia pulía desde la barandilla del balcón del salón.

Bien, el salón y el despacho eran contiguos. ¿A qué correspondía aquel balcón que sobraba entre el despacho y la esquina?

No podía pasar por la barandilla; aquel balcón misterioso era independiente como su simétrico de la otra esquina. Me fijé sin embargo en que las bolas que lo decoraban estaban aún más negras y oxidadas que las del despacho.

Un taxi se detuvo delante del portal y pude oír por encima del tráfico la voz de mi abuela.

—Con cuidado, mamá. No tengas prisa. Que esperen, que otras veces nos toca esperar a nosotras.

Me agaché para que no pudieran verme y desanduve el camino por los balcones hasta el salón, no sin darme un golpe con la última pletina.

Tanto correr y aún me sobró tiempo para cambiarme de ropa, asegurar que la puerta del cuarto de mi tía se quedaba bien cerrada para que no entrase ningún intruso, y sentarme en el cuarto de estar a fingir que miraba muy interesada un concurso de la tele. En realidad, repasaba las posibilidades de investigar aquella habitación perdida en el plano del piso.

Si no hubiese sido por aquel personaje de cabeza aplastada que me enervaba con sus silenciosas apariciones, no hubiese tenido ningún problema para levantarme en la noche y entrar en el despacho. La escena que me había contado Remi aquella tarde era espantosa, pero ya había pasado mucho tiempo, yo no había conocido a ninguno de los dos abuelos y estaba acostumbrada a las películas de terror y a los juegos *gore*.

Durante la cena, las abuelas comentaron detalles de la boda, se rieron, se emocionaron y casi no me prestaron atención.

Eran casi las diez cuando di las buenas noches, pasé al baño con cautela por si aquel personajillo se escondía bajo mi albornoz y me encerré en el cuarto.

La noche estaba muy agradable y la calle bullía de animación. Del bar de enfrente llegaba ruido de vasos y olor a guiso. Sobre la plaza, que desde aquel balcón se veía a un lado, se destacaba oscura la mole de la iglesia que recortaba el perfil de su aguja sobre el fondo oscuro.

Mi cabeza no paraba de dar vueltas a la habitación fantasma. Algunas veces pensaba que estaba equivocada. ¿Cómo no iba a saber mi familia que allí había otra habitación? Era su casa desde hacía cuatro generaciones. ¿Cómo no se les había ocurrido comprobar...? A no ser que todos supieran lo que había allí y lo callaban como habían hecho con la muerte de los dos abuelos.

Pero yo no podía dejar pasar mi descubrimiento. Si pretendían que me quedase callada, que me hubiesen contado todo lo ocurrido.

Mi fantasía iba y venía desde las historias de emparedados a los topos de la Guerra Civil. Imaginaba talleres de alquimia y despensas clandestinas.

Entorné el balcón y me senté en el escritorio. Aparté a un lado los mil y un cachivaches de mi tía y abrí el cuaderno. Tracé con cuidado el perímetro de la casa y distribuí, sin medidas, las distintas habitaciones, los pasillos y los patios. Todo iba encajando: la forma de la habitación de mi abuela, con el quiebro del pasillo que tanto me impresionaba cuando llegué, y aquella estúpida galería casi ciega; el grupo de pequeñas estancias que componían la cocina y el cuarto de Remi; el salón, el despacho… y…, si mi plano era correcto, y lo era, aquella habitación misteriosa que compartía una pared con la que yo utilizaba: precisamente, la pared del cabecero de la cama.

La pared del cabecero, si hubiese continuado en el pasillo, sería la puerta escondida tras el cortinón marrón. Aquella puerta podría ser la entrada a una habitación aún más maldita que el despacho, un lugar que conocían y ocultaban, aunque… Remigia me había asegurado que se trataba del despacho.

¿Cómo iba a poder dormir con tanta excitación y con aquella pesada mariposa nocturna que acababa de entrar atraída por el flexo?

¿Y si aquella habitación tenía algo que ver con el ser aplastadito de mirada penetrante?

Por un lado, deseaba matar la polilla, que se golpeaba una y otra vez contra la pantalla del flexo, y meterme en la cama para tiritar hasta que se hiciese de día y, por otro, sentía la necesidad de coger mi arma y aventurarme por la puerta del cortinón, encendiendo las luces que fuesen necesarias, porque estaba demostrado que mi linterna sólo servía para meter la llave en la cerradura cuando me quedaba a oscuras en la escalera.

Esperaría a que no se viese ninguna luz bajo las puertas y entraría por la puerta de la cortina. Lo más difícil era llegar hasta el balcón. Luego, una vez abierto, la luz de la calle iluminaría la habitación lo suficiente como para hacer una rápida inspección. Había visto dos faroles anclados a la fachada justo debajo de los balcones.

Me calcé unos calcetines para no hacer ruido, metí el móvil en el bolsillo del pantalón por si necesitaba auxilio y me puse una desteñida gorra del *Atleti* que mi tía tenía colgada en una estantería. Para tratar de librarme de las telarañas, apreté la raqueta bajo el brazo y, con el bote de laca en la mano, me aventuré por el pasillo.

La tele del cuarto de estar estaba silenciosa desde hacía un buen rato. De la cocina sólo llegaba el reflejo verdoso del reloj del horno, y un resoplido conocido de otras noches me hizo saber que Remigia dormía.

Una ráfaga de aire me sobrecogió en el pasillo. Era como si pasase un tren a toda velocidad, pero duraba sólo un instante. Ya lo había sentido otras veces y lo achacaba a las corrientes de los montantes que ajustaban mal, o a las viejas maderas y las juntas de los cristalitos de las ventanas del pasillo que silbaban muy bajito algunas noches, cuando el aire se enroscaba en las paredes del patio de luces.

Todo estaba en calma, podía empezar la expedición.

La parte más difícil era llegar desde la puerta del

cortinón hasta el balcón con aquella lagrimita de *leds*. Necesitaba más luz. Se me ocurría algo muy arriesgado, pero seguro. Entraría con mi linterna y buscaría cerca de la puerta el interruptor de la luz; siempre suelen estar cerca de los marcos. Con la luz encendida, correría sin tropezar con nada hasta el balcón y, una vez abierto, volvería para apagar la luz y evitar que, si alguna de las tres mujeres que dormían en la casa se levantaba, pudiese descubrirme.

Respiré hondo, situé el flexo hacia la pared para tener luz en caso de una retirada forzosa, y salí al pasillo cerrando tras de mí. Tuve que sujetar la linterna con la boca porque me faltaba una mano para levantar la cortina y abrir el picaporte.

De nuevo aquel olor ácido que yo desconocía, pero que se pegaba a la garganta, aumentando la náusea.

Me costó un poco encontrar el interruptor; era negro y se confundía con la madera oscura que revestía la pared. Me temblaba la mano cuando accioné el mecanismo.

Una tremenda araña de cristal, poblada de arañas más pequeñas y tapizada de hilos pringosos, iluminó como un estallido la habitación.

Sí, era el despacho de don Baltasar de Garciherreros.

Me quedé petrificada. Aquella enorme habitación, vista con aquella perspectiva, tenía el aspecto de las estancias de los castillos en las películas de miedo. Todo era negro y gris, ningún objeto se hacía notar por encima de los demás. La puerta por la que había entrado estaba en línea con las dos vidrieras que daban paso al despacho desde el pasillo de la entrada; pero quedaba muy disimulada, porque era del mismo color que la madera del friso que bordeaba toda la habitación, y porque quedaba desmerecida tras la negra mole de aquel piano de candelabros retorcidos.

Todo parecía ordenado; sin embargo, fijándose un poco más, se podía ver la mesa revuelta. Un pequeño marco de metal calado estaba volcado boca abajo sobre un mapa. Una pluma estilográfica descansaba abierta sobre la butaca. Un vaso roto se multiplicaba entre el borde de la mesa y el suelo…

El centro de la alfombra era más oscuro que el resto, y había una parte quemada, y grandes manchas por todos lados. Sobre el sofá seguía el cordón de seda que había encontrado en mi anterior visita y, más cerca de la pared, aquello que me había parecido un abrigo la otra vez.

El tapiz que cubría casi de suelo a techo la pared que tenía más cerca parecía ondear movido por una extraña brisa.

Sonó lejana la sirena de una ambulancia y volví de golpe a la realidad. ¿Cuánto tiempo llevaba con la luz encendida?

Por la puerta pequeña no me preocupaba, había dejado caer el cortinón al entrar, pero por las vidrieras, la luz del despacho debía de iluminar todo el pasillo de la entrada hasta el recibidor.

Asustada, corrí al balcón y lo abrí procurando no hacer ruido. Volví al interruptor y apagué la luz.

La farola le daba al despacho un ambiente aún más tétrico que la luz de la araña. Me había prometido a mí misma no dejarme impresionar por el detallado relato que había hecho Remigia de lo que había sucedido en aquella habitación, pero no podía dejar de imaginar a mi bisabuelo tendido en la alfombra con las entrañas fuera y los pies calcinados.

Había entrado allí para buscar la habitación olvidada y eso era lo que iba a hacer pero, cada paso que daba, me entretenía sin querer con un botón perdido entre el polvo, un reloj con el péndulo asombrado en el tiempo, los libros de cantos dorados, la colección de pipas…

El reloj de alguna torre dio las tres y, como cada noche, le replicaron otros por todo el barrio. Durante los minutos siguientes se estremeció una silla junto al balcón, chascaron las molduras del techo, gruñó el sofá, suspiró la mesa…

La habitación, la habitación perdida, tenía que estar allí, a la derecha, en la pared del tapiz. Probablemente, el tapiz tapaba la entrada. Tendría que levantarlo para descubrirla, pero ¿y si había algo o alguien detrás?

Me aparté de la esquina de la tela e intenté levantarla con la raqueta. Apenas se movía, pesaba demasiado. Podría levantar una esquina, situar mi estúpida linterna de manera que la luz resbalase por la pared y, mirando por la rendija abierta, comprobar si había alguna puerta.

Estaba preparándome en la posición que había decidido, con cuidado de no hacer ruido ni pisar nada que pudiese asustarme, cuando aquel horrible chasquido resonó en el despacho. Vibraron los cristales de la araña, se conmovieron las puertas, se apretaron los libros, se rascaron los cuadros… y yo caí sentada en el suelo, levantando una cortina de polvo.

Estaba tan aterrada que no me atrevía ni a respirar. Era el gigantesco chasquido de todas las noches, pero esta vez, en vivo y en directo. ¿Qué había sido? ¿Qué mueble podía chascar así?

Se había hecho aquel silencio que seguía al chasquido, pero sólo duró un instante, porque otros sonidos más pequeños y más sonoros se sucedían sin medida. ¡El piano! Aquella caja negra y retorcida estiraba sus huesos cada noche con los lamentos de sus desafinadas cuerdas.

Después de varios intentos conseguí levantarme. Las piernas no me sostenían por el susto. Me había quedado sin fuerza hasta para sujetar la raqueta. Era mejor dejar la empresa para otra vez y volver con algo que me permitiese levantar el tapiz.

Cerré el balcón con la luz de la linterna fija sobre la puerta por la que tenía que salir y corrí hasta allí, dejando caer el cortinón marrón escondiendo la puerta.

Empecé a calmarme cuando estuve tapada hasta los ojos en la cama, con la puerta atrancada por la butaca *art decó*, el balcón cerrado y el flexo mirando a la pared.

La tozuda polilla seguía dándose cabezazos contra sí misma.

Capítulo seis

Pasé el domingo en la cama. Destemplada y sin ganas de hacer nada, había conseguido que la abuela me dejase dormir hasta bien entrada la tarde.

Remigia me trajo un caldo y una tortilla para cenar.

—¿Estás mejor? No debí contarte nada —dijo en voz baja mientras me echaba una manta ligera—. Es demasiado crudo y aunque una se haga la fuerte…

—¿Han dicho algo las abuelas?

—La señora dice que habrás cogido frío y tu abuela piensa que estás nerviosa porque mañana empieza el instituto.

—¡Mierda! Lo había olvidado.

—Como te oiga tu abuela decir esas palabras…

Me levanté el lunes porque sonó el despertador, si no, no me hubiera despertado. Me duché y me vestí sin ganas, y salí hacia el instituto después de un tazón de cacao y dos galletas.

No se podría decir que estuviera lejos, pero para

llegar, era necesario atravesar el viaducto y subir varias calles empinadas.

Pasé una mañana horrorosa. Estaba acostumbrada a mi colegio de toda la vida en el que cada persona se preocupaba de que todo te saliese bien y de que estuvieses cómoda. Aquí cada uno tenía que preocuparse por sí mismo, sin mirar a quién apartaba para conseguirlo.

El ambiente era muy ruidoso. Los chicos y las chicas se movían constantemente, se empujaban y se reían por tonterías. Se llamaban a gritos y no dejaban oír las instrucciones que, casi sin voz, daban los profesores.

Un enjambre de confusiones nos tuvieron parte de la mañana de un lado a otro, cambiando de clases, bajando al patio, subiendo de nuevo… Las chicas de mi clase, apretadas como un racimo, me miraban de arriba abajo y cuchicheaban. Los chicos se preocupaban sobre todo por hacer notar a los demás que no se tomaban nada en serio.

Salí del instituto de un humor de perros. Me habían llamado pija, nena y tonta, y debía de serlo, porque volvía a casa sin haberme enterado del horario, de la clase que me tocaba, de cuál era mi taquilla, si es que la tenía, y hasta de la sección en la que estaba matriculada.

Entré en el portal furiosa y pisando tan fuerte que patiné en el mármol y estuve a punto de estrellarme contra la puerta del ascensor.

Pasé a casa de mi abuela tan enrabietada que se me escapó la puerta.

—Tesa, ¿por qué das portazos?

Seguí por el pasillo de la cocina hacia el dormitorio.

—Tesa —dijo mi abuela levantando un poco la voz—, ¿te parece bien entrar así, como una caballería? ¿Dónde te han enseñado modales?

Giraba hacia el siguiente pasillo cuando todavía pude oír a mi abuela regañándome.

—A ver cuándo te parece bien recoger la habitación y comportarte como una señorita. Me parece que estás tú muy mimada.

—¡Hala! Pues sí, lo que me faltaba en la mañana, que me llamasen mimada —mascullé.

Y entonces lo vi. Salía del cuarto de baño y le pillé en mitad del pasillo. Menudito, aplastado, con unos pies muy largos y los ojos llenos de asombro.

Me sentía tan furiosa que no estaba para sustos ni sobresaltos. Tiré la mochila a un lado y eché a correr hacia él gritando:

—¡Esta vez no te escapas, sapo repugnante!

Echó a correr tambaleándose como un tentetieso e intentó refugiarse entre los pliegues del cortinón al final del pasillo. Pero yo le seguí muy de cerca y le agarré con cortina y todo.

—¿Y ahora qué? —le pregunté sin esperar respuesta.

Intentaba escabullirse, pero yo le tenía sujeto por una especie de cinturón viscoso que llevaba bajo los escuálidos bracitos. Sin embargo, no tenía la sensación de tener nada en la mano. Sentía el roce de mis dedos como si no hubiese cogido nada, pero el personaje estaba sujeto. Lo levanté en vilo para sacarle de la cortina y lo metí en la habitación, colgándole del perchero tras la puerta.

—Tesa —decía mi abuela desde la cocina—, ¿por qué corres? Esto no es el campo, hay vecinos abajo.

Era un hombrecillo bajito, pero no como los enanos de los cuentos. Parecía desnudo, a excepción de aquel cordón bajo sus brazos. Su piel parecía una malla verdosa que lo redondeaba. Una finísima coleta rosada le caía por la espalda, salvando sus orejas puntiagudas y tumbadas.

Mientras le estuve observando, no apartó ni por un momento su mirada rojiza de mis ojos. Ya no pataleaba ni pretendía escapar. Estaba quieto, apretando algo en su puñito cerrado.

La excitación por haberlo atrapado y la curiosidad que me despertaba habían hecho desaparecer la ira acumulada durante toda la mañana.

—¿Me entiendes? —pregunté.

—Sí —escuché en mi cabeza, aunque de su boca sólo salió un leve soplido.

—¿Me entiendes? —repetí incrédula.

—Sí.

—¿Quién eres?

—Naud.

—Pero, ¿quién…, qué…, dónde…?

Tenía tantas preguntas que se mezclaban en mi cabeza, que no sabía cómo expresarlas con un poco de orden.

—Bájame de aquí y hablamos —dijo el hombrecillo sin articular sonido.

—No, te escaparás.

Guardó silencio sin dejar de mirarme.

—¿Eres extraterrestre?

No contestó.

—¿Por qué me espías?

—Tú me buscas a mí.

—¿Cómo no iba a buscarte? Apareces al pie de mi cama sin avisar y te cruzas en mi camino. No sé quién eres ni de dónde has salido. Ni siquiera sé si eres de verdad o una pesadilla. Tengo que defenderme. No sé lo que quieres de mí ni el mal que puedes hacerme. No me dejas dormir, ni pensar, ni tengo una explicación para tu presencia. ¿Qué quieres que haga? Otra persona en mi lugar te habría machacado sin mirarte siquiera.

—Llevo en esta casa mucho más tiempo que tú —respondió sin hablar y sin dejar de mirarme—. Mi misión no es hacer daño a los humanos.

—¿De dónde vienes?

—De lo que tú llamarías otra dimensión.

—Eso no existe —respondí dudando—. Son cosas de las películas y los videojuegos.

—Existen infinidad de dimensiones diferentes que vosotros no percibís. Se superponen y se solapan y, sin embargo, no se mezclan.

—Entonces, ¿por qué puedo verte?

—Ha habido un colapso en una vía exterior y estoy atrapado en tu dimensión —explicó Naud casi sin moverse—. Me ves porque estás alerta.

—Y los demás ¿pueden verte?

—Algunos sí, pero no quieren.

—Yo tampoco pensaba verte y te veo.

—Muchos me ven y no se creen a ellos mismos.

Somos monstruos unos para otros. Nosotros para vosotros somos sapos repugnantes, tú lo has dicho antes en el pasillo. Vosotros para nosotros sois reptiles peludos.

La repugnancia iba dejando paso al interés. Naud sabía muchas más cosas que yo y estaba claro que no andaba de un rincón a otro de la casa por gusto.

—¿Puedo ayudarte? —pregunté.

Antes de que Naud pudiera contestarme, la voz de la abuela me sobresaltó en el pasillo.

—Tesa, a comer. Has dejado la mochila tirada en el pasillo. Esto no es así, niña —y más cerca de la puerta añadió—: Ya te he dicho que no quiero las puertas cerradas.

Y antes de que pudiera evitarlo, abrió la puerta y la empujó con fuerza hacia la pared.

—Ahora voy, en cuanto me lave las manos —contesté aturdida.

Apenas dio media vuelta la abuela, giré la puerta. Un hilillo de líquido azul corría por la frente achatada de Naud.

—¿Te ha hecho daño?

—Se pasará. Bájame de aquí.

—Tengo muchas más preguntas para ti.

—Volveré esta noche. Bájame.

Le desprendí del perchero y le dejé en el suelo. De su mano apretada cayó la botita de punto que había perdido Remi.

—Pero eso…

—Lo necesito —respondió recogiéndolo rápidamente del suelo.

Dio un salto hasta la cama y desde la cama a la cómoda, y se metió por el espejo sin hacer un solo gesto.

Me senté a la mesa sin decir nada. Las dos abuelas ya estaban sirviéndose la ensalada y levantaron la mirada al verme.

—No sé qué te pasa, Tesa, pero no me gusta nada esa desagradable actitud —dijo con voz grave mi abuela—. En esta familia no tenemos costumbre de golpes ni portazos. No sé si estás cansada o disgustada. Si te pasa algo, dímelo y lo arreglamos, pero no alteres la casa.

No sabía bien mi abuela lo alterada que tenía la casa y no precisamente por mi culpa.

Comí en silencio sin dejar de pensar en Naud y todo lo que había ocurrido. Lo más probable era que no volviera aquella noche. Seguramente no lo volvería a ver más.

—¿Qué tal el instituto? —preguntó sonriente mi bisabuela como si la cosa tuviese gracia.

—Mal —contesté sin ganas.

—Mujer, es el primer día. Hay que dejar pasar el tiempo y todo se encajará —explicaba la abuela con aire conciliador—. Cambiar de un colegio a un instituto siempre se nota. Te pasará lo mismo cuando vayas a la universidad.

—¿Qué vas a estudiar? —preguntó la bisabuela.

—Arquitectura.

—Es una carrera dura —comentó la abuela.

—¿Aquí o en Barcelona?

—Y yo qué sé —contesté aburrida de tantas preguntas que distraían mis pensamientos—. Donde digan mis padres.

Y otra vez mi abuela y su madre se enzarzaron en comentarios sobre mi familia como si yo no estuviera delante.

—Yo no lo veo claro —decía la anciana intentando pinchar una aceituna revoltosa—. Los niños, está bien que vayan a un lugar u otro para prepararse mejor, pero el matrimonio… Tendrían que estar los dos en el mismo sitio.

—Parece que Mateo promete en el tenis y todavía es muy joven para estar solo.

—Seguro que habrá internados para que esté bien atendido y, si no, con la familia de ella, pero deshacer así una pareja…

—Habrá algo más, mamá. Ya sabes, Silver no cuenta nada pero yo creo que… tienen algún problema.

—¿Puedo levantarme?

Capítulo siete

Esperé la noche con impaciencia. Ya no estaba asustada, ahora era la curiosidad lo que me inquietaba, aunque en el fondo, no esperaba que volviese Naud.

Me entretuve en colocar mis libros en las estanterías, metiendo los de tía Dely en las cajas que iban quedando vacías. Terminé de instalar el ordenador con la regleta que me había dado Remi. Aun sin Internet, me serviría para hacer los trabajos de clase, como un procesador de textos.

Empezaba a tener sueño cuando algo en mi cabeza dijo:

—Estoy aquí.

Le busqué con la mirada hasta encontrarle sentado en la cómoda, con los pies colgando.

—¿Cómo va tu herida?

—Ya no está —respondió señalándose la frente con su aplastado dedito.

—¿Por dónde has entrado?

—Por el espejo.

—¿Cómo haces eso? El espejo es sólo un cristal. No hay nada detrás.

—Hay ciertos caminos.

—¿Puedo entrar yo?

—No creo, pesas demasiado para la corriente de luz. Pero puedes verlo.

Metió el brazo por el espejo como si lo sumergiera en un barreño con agua y, girándolo deprisa, abrió un agujero por el que pude entrever un pasadizo de paredes redondas con varios boquetes de distintas formas, por los que entraba la luz.

—Aquellos dos grandes del fondo, los que están juntos, son los del salón —me explicó—. Aquél, más finito, es el del cuarto de baño; es el más cómodo para entrar y salir porque es más antiguo y la entrada está muy usada. El pequeñito de la izquierda es el que usa la señora de la cocina para quitarse los pelos de la cara. Es muy peligroso, no siempre está en el mismo sitio, pero es la única entrada para la zona de la cocina.

—¿Tienes hambre? —le pregunté acercándole un paquete de galletas que había cogido de la despensa.

—No como lo mismo que tú.

Me senté en la cama frente a Naud. Según hablábamos, me iba sintiendo más tranquila. Era una comunicación única y era fascinante.

—¿Cómo conoces mi idioma?

—No lo conozco.

—Pues nos entendemos.

—Tu voz se traduce directamente al entrar en mi cerebro.

—Pero yo también te entiendo.

—Yo hablo un sistema especial de señales que tu cerebro recibe como tu propia forma de hablar.

Seguimos conversando durante mucho rato. Comparando nuestras desigualdades y buscando difíciles coincidencias.

—En vuestra dimensión ¿conocéis todo sobre nosotros?

—Sólo os conocemos los enviados.

—¿Tú eres un enviado?

—Soy un vigilante —contestó, y me enseñó un puntito rojo en el revés del codo de su brazo izquierdo.

—¿Qué tienes que vigilar? ¿Humanos?

—Observar a los humanos es tarea de los enviados. Yo vigilo a los enviados.

Si estaba en casa de mi abuela para vigilar enviados, era porque allí había más hombrecillos como él.

—¿Cuántos sois?

—Millones repartidos en comunidades y familias, como vosotros.

—Me refería a aquí, en la casa. ¿Cuántos hay en esta casa?

—Espero que, aparte de mí, sólo esté el *nug* que estoy buscando. No tengo información sobre ningún otro, aunque nunca se sabe.

—¿*Nug*?

—Vosotros sois humanos, nosotros somos *nugs*.

—¿Cómo es ese *nug* que estás buscando? ¿Se parece a ti?

—Probablemente sea más grande.

—¿No le conoces?

—Sí, hace tiempo que no lo veo. Se esconde bien.

—Tal vez se esconda en el despacho de mi bisabuelo. Allí no entra nadie.

—No, no. Ahí no —se removió Naud inquieto—. Es paso de otras entidades.

¿Otras entidades? La casa de mi abuela parecía el metro en hora punta.

—¿Todas las casas humanas están habitadas por seres de otras dimensiones?

—Todas no, hay casas más propicias que otras. Algunas son imposibles.

Y aquella noche me enteré de que las casas antiguas eran más cómodas porque ofrecían muchos más rincones donde esconderse. Que los *nugs* eran enviados a nuestra dimensión para buscar sueños humanos que, de alguna forma que no me explicó, eran necesarios para ellos. Y también me enteré, aterrada, de que los pasillos largos eran los favoritos de aquellas rapidísimas masas negras que cruzaban de un lado a otro.

—Con esas entidades es mejor no relacionarse —explicó Naud—. No hacer notar que se las percibe, dejarlas correr sin poner obstáculos. Pueden ser muy peligrosas.

—¿Vosotros conocéis todas nuestras costumbres?

—Hace siglos que os observamos.

—No es posible —protesté—. Alguien os hubiera descubierto, se hablaría de vosotros. Habría estudios, fotos, documentos…

—¿Vas a contar a las señoras de tu familia que me has visto?

—No me creerían.

—Pensarían que quieres llamar la atención sobre ti, que has perdido la razón o que quieres engañarlas.

Asentí. Si yo me empeñaba en decir que había visto

un hombrecillo verdoso corretear por los pasillos... Podía acabar en un psiquiátrico.

—Los hombres de prestigio no se arriesgan a perderlo. Hablar de nosotros parece cosa de locos o de niños, y vosotros os apartáis de los locos y nunca escucháis a los niños.

Tenía razón. Nadie me creería.

—Pero si yo te meto en una jaula y te llevo a la televisión o a los laboratorios de la NASA, tendrían que creerme. Les aporto pruebas.

—Si me pones en esa situación, me angustiaré mucho. Mi masa perderá la poca agua que retiene y me convertiré en una mancha de grasa pegajosa. De nuevo te quedarías sin pruebas.

—¿Puedes hacer eso?

—No lo haría por gusto. Son respuestas de nuestra naturaleza.

Irguió la cabeza dejando ver su delgadísimo cuello, y se quedó inmóvil, como escuchando.

—Me tengo que ir.

—¿Adónde vas?

—La señora entra en duermevela.

Y se tiró al espejo como si fuese una piscina.

—Espera...

La luna de la cómoda se cerró de nuevo y volví a oír el ruido de la calle, las ruedas de las maletas de los turistas y el piar de los semáforos.

Me acosté despacio. Me parecía un sueño de esos que dejan un regusto de realidad. Había hablado con un habitante de otra dimensión y le había dejado escapar. ¿Cuál era su misión? ¿Adónde iba tan deprisa?

Había dejado la puerta abierta, ya no tenía sentido dejarla cerrada, y podía sentir aquellas masas oscuras que surcaban el pasillo. Según Naud, aquello era lo verdaderamente peligroso.

Repasé todo lo ocurrido en el día. Parecía que habían pasado años desde que me presenté en el instituto y sin embargo... Me sorprendió lo poco que me importaba, ahora tenía cosas más interesantes en las que pensar: contactos interdimensionales. Y no había olvidado la habitación secreta, pero eso podía esperar. No iba a moverse de allí.

Sonreí al recordar el salto que pegué cuando chascó el piano. Era un sonido espeluznante. «La caja de resonancia amplificaba el chasquido del clavijero y lo transmitía a las cuerdas creando extraños armónicos». Con esas palabras me lo explicó Charlie cuando se lo conté. Pero en aquel momento, cuando lo viví de cerca, tuve la sensación de que se abría la puerta del infierno bajo la alfombra del despacho.

El despacho… Había en él tantas cosas interesantes... Si pudiera abrir las persianas y dejar pasar la luz para curiosear sin esperar la voz de la abuela en la espalda… Tenía razón Remigia, había que limpiar y mirar.

Si debajo del tapiz no había una entrada, sería necesario abrirla rompiendo el tabique. También se podría abrir la pared en la que ahora apoyaba la almohada, aquel misterio no podía quedar así, pero picar significaba contar a la abuela mi descubrimiento y estaba segura de que no lo iba a consentir. Era mejor callar y esperar a que volviese papá. Él sabría qué hacer.

El sonido de un teléfono en la calle me recordó que no había llamado a mamá para contarle mi primer día de clase, que no había sacado el móvil de la mochila, ni siquiera lo había vuelto a conectar desde el momento en que el profesor de mates ordenó apagarlos. Si mamá o Mateo habían llamado, estarían preocupados.

Era muy tarde para llamar, pero podía comprobar si me habían dejado algún mensaje.

Me levanté y metí la mano en el bolsillo exterior de la mochila que había dejado en el suelo, junto al escritorio. En el hueco de la mesa, en el lugar en el que se suele meter la silla para arrimarla, vi dos ojos rojo intenso.

—¿Naud? —pregunté intranquila.

Sólo oí un gruñido profundo, como el de un cerdo.

—Naud...

—Ya has hablado con Naud —aseguró una voz ronca en mi cabeza—. Ahora habla conmigo.

Alargué la mano y cogí el bote de laca que había dejado sobre la mesa.

—¿Quién eres tú?

Oí un gruñido espaciado, como unas carcajadas, y un hombrecillo más grueso y más aplanado que Naud se dejó ver fuera del hueco. Era también más alto y más verde que él.

—No soy Naud.

Di un paso atrás para dejarle sitio y, al ver su enorme boca de sapo sonreír y su mirada amenazadora, destapé el bote de laca dejando caer el tapón al suelo. Sorprendido, el *nug* se subió a la silla. Sus pies eran más largos que el asiento, y alargó los brazos hacia mí, probablemente para asustarme o para agarrarse a mi camiseta; no me paré a averiguarlo. Apreté con todas mis fuerzas el dispensador del bote y esperé ver la nube de laca directa a los ojos de aquella bestiecilla, pero sólo oí un *pfisss* suavecito y no salió ni una gota.

Reaccioné sin pensarlo y le aticé con el bote en mitad de la cabeza. Un chorrito azulado resbaló por su frente. Me enseñó dos hileras de afilados dientes y se volvió hacia la cómoda. Adivinando sus intenciones, volqué la silla y le tiré al suelo para ganar tiempo y llegar al espejo. Lo cubrí por completo con la colcha y me apoyé de espaldas sobre la cómoda para no dejarle paso.

El *nug* volvió a enseñarme los dientes con un gruñido, cruzó los brazos en un extraño gesto de reto y escapó tambaleando su ovalado cuerpo por el pasillo.

Cerré la puerta y me senté al borde de la cama. Aquél debía de ser el enviado que buscaba Naud, pero ¿cómo podía avisarle? Tampoco estaba segura de si debía meterme en aquel asunto de otra dimensión, que no iba conmigo.

Pero defenderme sí era asunto mío.

Remetí bien la colcha sobre el espejo y lo sujeté con cinta adhesiva; después levanté una de las pesadas cajas de libros y la posé sobre la cómoda, arrimándola al espejo para asegurarme de que quedaba bien tapado.

Busqué el teléfono que había rodado bajo la cama en la contienda. Lo comprobé. Mamá había llamado varias veces en la tarde. Finalmente, me había dejado un mensaje de voz:

—Cariño, te he llamado varias veces pero tienes el móvil apagado. Probablemente te has quedado sin batería o sin saldo, pero como no estaba tranquila, he llamado a la abuela. Me ha dicho que estás nerviosa y de mal humor. ¿Te pasa algo? Si no estás a gusto ahí, hablamos con papá y buscamos otra solución. Llámame en cuanto puedas. Un beso, hija.

Me recosté en la cama. Tenía que tranquilizar a mi madre y a todos. Si me hubieran preguntado unos días antes, no hubiera dudado en pedir marcharme a otro sitio, pero ahora…, con tantas emociones nuevas y misterios por descubrir… No, ahora quería quedarme.

Debía dominar el carácter frente a mi abuela si no quería que fuese con quejas a mis padres. Tenía que conseguir que no me controlase como venía haciendo los últimos días, y me dejase vía libre.

Me estaba quedando dormida tan envuelta en mis pensamientos, que no había llevado la cuenta de las campanas de los relojes ni de los crujidos de las molduras. Estaba casi dormida cuando el irremediable crujido del piano me sentó en la cama. ¿Cómo era posible que mis abuelas no lo oyesen? ¿Por qué no se quejaban los vecinos? ¿Por qué no tiraban aquel espantoso trasto a la basura?

Me costó mucho conciliar el sueño y, cuando me dormí, ya paseaban sus bufidos los primeros autobuses.

Capítulo ocho

Corría lenta la semana. Las clases en el instituto eran cada vez más catastróficas. Sólo un pequeño grupo de alumnos intentaba prestar atención en clase. Los demás hablaban, reían y molestaban. Los profesores atendían las clases a su manera: unos gritaban pidiendo silencio hasta quedarse sin voz; otros explicaban o dictaban ajenos al descontrol, como si estuvieran en otro lugar. La profesora de Lengua salía del aula cada diez minutos. El profesor de Matemáticas regañaba a diestro y siniestro y eso hacía reír a parte de la clase, lo que le impedía avanzar en sus explicaciones. El tutor iba y venía de una clase a otra llevando papeles, comprobando datos, pidiendo fotos... La mayoría de los libros que habíamos comprado no parecían tener valor. Cada materia tenía un problema. Era imposible concentrarse, enterarse del trabajo para el día siguiente o conocer el programa de la asignatura.

Volvía a casa de mi abuela desesperada. ¿Cómo podría conseguir una buena nota para entrar en arquitectura con aquel ambiente?

Sin embargo, en casa no me quejaba. Le decía a la abuela que todavía me sentía poco integrada, pero que mejoraba. Y no le daba ningún motivo para que se preocupase.

Las tardes se me hacían más pesadas. No podía seguir con mis investigaciones sobre la habitación olvidada hasta que las abuelas tuvieran otro día de salida. Necesitaba poder encender la luz del despacho para buscar la entrada y tampoco había vuelto a ver a Naud ni a aquel *nug* gordinflón.

El jueves se me ocurrió una idea que, además de distraerme, me podría dar la posibilidad de encontrar una respuesta al misterio de la habitación tapiada.

—Abuela, ¿te gustaría que te hiciese un inventario de las cosas de la casa? Tienes muchas cosas, algunas parecen muy valiosas. Podría irlas comprobando y catalogando, como hace Charlie en su tienda.

—Si te apetece hacerlo… Pero te cansarás enseguida.

Aquella misma tarde, cuaderno en mano, entré en el dormitorio de la bisabuela. La anciana, sentada frente a la mesa camilla chorreada de encajes, hacía un crucigrama.

—Voy a hacer un inventario —informé con una sonrisa—. La abuela me ha dado permiso.

—Bueno… —dijo mirándome por encima de sus gafas—. No toques el joyero ni la figura del Niño del Remedio. Y no cambies nada de sitio.

Mi bisabuela tenía el ropero lleno de pieles y de vestidos. Los estantes de abajo rebosaban antiguos zapatos de tacón altísimo. Las bufandas y los pañuelos de seda saludaban desde cualquier percha cada vez que se abría el armario de cuatro puertas forradas de espejos.

Allí sí que tenían una autopista los *nugs.*

Seguí con mi inventario por el salón, el comedor, la entrada…

—Abuela, qué bonito es el farol del recibidor. No me había fijado nunca.

—Es de cristal de La Granja —me informó orgullosa—. Lo compramos antes de que naciera tu padre.

Mi abuela estaba contenta. Había ganado un premio de cocina con una receta de Remigia, y salía publicado en una revista junto a su foto y una entrevista. Llevaba todo el día recibiendo llamadas y recortando noticias.

—Ya he terminado de hacer el inventario de las habitaciones de fuera. ¿Puedo seguir con el despacho? —pregunté intentando aprovechar el momento de su felicidad.

—Sí, claro… ¡No! —gritó cuando se dio cuenta de lo que le estaba pidiendo—. El despacho no se toca.

Fue el sábado por la tarde cuando encontré la ocasión que andaba buscando. Durante la comida la abuela preguntó:

—Cariño, esta tarde es la entrega del premio de cocina. ¿Quieres venir con nosotras?

—Tengo mucho que estudiar, abuela. Y yo no entiendo nada de cocina.

Después de un rato, rematé la faena.

—¿Va Remigia con vosotras?

—¿Remigia, por qué?

—La receta es suya —dije con inocencia.

—Bueno, está basada en un plato de Remi, pero yo la he transcrito. Y en estas cosas, lo difícil es contarlo.

—Aun así, ella disfrutaría mucho en ese ambiente y como sólo sale de casa para hacer la compra…

Me costó insistir un poco más, pero al final lo conseguí.

—¿No te importa quedarte sola en casa, Tesa?

Se marcharon sobre las cinco. Remi, con su conocido abrigo gris de pana, seguía a las dos abuelas como un perrito.

Esperé en el balcón hasta estar segura de que habían cogido un taxi y empecé mi plan de ataque.

Encendí la luz del despacho. La enorme araña empujó las sombras a los rincones.

Levanté el tapiz hasta donde me permitieron mis fuerzas y pude ver debajo varias puertas, pero se me cansaba el brazo y tuve que dejar caer de nuevo la tela. Necesitaba…

Corrí hasta la habitación que utilizaban de trastero y busque deprisa. Había una escalera de madera apoyada en la pared. Me costó mucho sacarla, apartando muebles y cajas, y mucho más llevarla hasta el despacho, casi arrastrando por el pasillo.

De nuevo en el despacho, apoyé la escalera sobre la tela y subí muchos peldaños hasta llegar a la gruesa barra de madera negra, que soportaba las presillas de cuero del tapiz.

Procuré no mirar abajo. Aquellos techos pasaban

muy a gusto de los cinco metros de altura. Intenté correr hacia un lado las presillas, pero todo estaba tan seco y tan duro que apenas conseguí mover el tapiz unos centímetros. Tenía que buscar otra manera.

Empecé a bajar para ir a buscar las tijeras que utilizaba Remi para limpiar el pescado. Cortando algunas presillas…

De pronto noté que la escalera se resbalaba sobre el suelo y, sin saber dónde me agarraba, me cogí a la barra que sujetaba el tapiz. La escalera cayó al suelo, levantó una polvareda y yo me quedé colgada como Tarzán, balanceando los pies, a casi cinco metros del suelo.

No me dio tiempo a pensar una solución. Oí un chasquido y vi cómo cedía la pieza de madera que sujetaba la barra a la pared. Caí a plomo al tiempo que se venía completo el tapiz con barra y todo, arrastrando en su caída las dos sillas y la mesita que estaban delante.

El estrépito fue impresionante y el polvo que se levantó en un momento borró la silueta de la araña. Me sorprendió no haberme hecho daño. El tapiz, al arrugarse, había formado un colchón bajo mi cuerpo y apenas sentía escozor en un brazo que debía de haberme arañado con la pieza rota.

Me puse en pie con cuidado por si quedaba algo por caer, y entonces pude ver, dibujadas en la pared desnuda, tres puertas. Dos iguales a los lados y una más pequeña en el centro.

Aparté como pude la montaña de tapiz que se desperezaba en el suelo y giré los pomos chatos de porcelana blanca. Nada, las tres estaban cerradas con llave.

Me acerqué a la mesa y abrí un cajón. Estaba atestado de papeles. Todos los cajones de la mesa rebosaban hojas escritas. Yo buscaba alguna llave. Encontré entre los papeles tres racimos apretados atados con cintas. Por lo menos había cincuenta llaves entre grandes y pequeñas.

Intenté hacer una selección rápida. Aparté las muy pequeñas, que parecían de maletas o candados, y las muy grandes, propias de verjas o portales. Aun así, quedaban bastantes llaves medianas.

Levanté la mesita caída y fui poniendo las llaves que, después de probar en cada una de las tres cerraduras, no servían.

La primera en abrir fue la puerta pequeña. Ocultaba una antigua caja fuerte como las que se ven en las películas de gánsteres. Dentro había una caja de metal más pequeña. Me guardé la llave en el bolsillo para no confundirla con las demás y seguí probando.

Fue la puerta más cercana a la entrada del cortinón la que se abrió después, dejando ver una alacena repleta de aparatos ópticos, lupas descansado sobre cojines de terciopelo, cajas de lentes, esferas de cristal de distintos tamaños, prismas que se apresuraron a reflejar en colores la luz que les llegaba de la araña…

Me guardé también la llave y seguí probando hasta encontrar una que intentaba girar en el bombillo de la puerta que faltaba. Tuve que emplear todas las fuerzas que me quedaban después del batacazo para conseguir hacer girar la llave y abrir la puerta.

¡Allí estaba! Era el balcón perdido. Tenía una de las hojas de la persiana cerrada y la otra, doblada sobre sí misma, dejaba pasar una luminosa rendija de sol hasta el suelo.

No era una habitación muy grande. En una de las paredes tenía tres mesas pequeñas repletas de polvorientos aparatos parecidos a los que acababa de ver en la alacena y una silla de brazos. En la pared de enfrente, una librería, vencida por el peso, enseñaba los lomos gastados de varios libros encuadernados en piel negra.

Lo que más llamó mi atención fue el espejo. Era una pieza extraordinaria. Un ancho espejo de pie, de los que usaban los sastres para probar los trajes a sus clientes. Estaba montado sobre un grueso marco de madera de caoba torneada. Me dejó con la boca abierta.

—Cuando lo vea Charlie…

—Cuidado, cuidado —dijo una voz conocida en mi cerebro.

—¿Naud?

El *nug* apareció sigiloso de detrás de una de aquellas pesadas contraventanas blancas que tenían todos los huecos de la casa.

—¿Qué pasa?

Me señaló el balcón. Me asomé por la rendija que permitía la persiana doblada y vi a mis abuelas y a Remi bajar de un taxi.

Mi abuela iba muy tiesa y se movía mucho. Sin duda estaba enfadada.

No tenía tiempo que perder. Entorné la puerta sin cerrarla del todo mientras preguntaba:

—¿Puedo verte luego?

Naud no contestó, pero yo no podía esperar. Salí al despacho. El estropicio no podía ocultase y decidí dejarlo como estaba. Apagué la lámpara y salí por la puerta del cortinón a tiempo de oír cerrarse la puerta de la entrada y el taconeo de mi abuela por el recodo de la galería.

Ya en mi cuarto, me sacudí el polvo, pero no conseguía quitarme aquel olor ácido que parecía pegarse a la ropa y me cambié deprisa. Tenía que hacerlo antes que mi abuela. Me pasé un peine y salí descalza estirándome por el pasillo.

—Qué pronto habéis vuelto —comenté—. ¿Lo habéis pasado bien?

—¿Bien? ¡Una vergüenza! Remigia me ha hecho pasar el peor rato de mi vida.

—¿Y eso?

—Ha empezado a sacar faltas a todos los platos que habían hecho con las recetas seleccionadas. Que si le falta sal, que si le sobra huevo, que si está muy duro, que muy tieso...

—Era la verdad, señora —se defendió Remi desde la cocina.

—Y con la edad que tienes, ¿todavía no has aprendido cuándo hay que decir la verdad y cuándo no?

Y siguió contándome detalles de la fiesta y de las meteduras de pata de Remi, entre las risas de mi bisabuela, que no paraba de decir:

—Pero si ha estado muy divertido. ¡Qué caras! Tenías que haberlas visto a todas. ¡Qué caras!

Yo sólo podía pensar en el estropicio del despacho y en los detalles de la habitación descubierta, buscando una explicación.

Parecía un laboratorio de óptica. Sin embargo, mi bisabuelo era filósofo, no oculista, ni fotógrafo.

El corazón me dio un vuelco cuando, después de la cena, oí la voz aflautada de la bisabuela en su camino hacia su cuarto.

—¡Teresa! ¡Hija! Mira, ven, hay un cristal de la puerta del despacho rajado de parte a parte.

Ahora entrarían y... Siempre podía hacerme de nuevas. La barra del tapiz podía haberse roto sola y… ¿Cómo explicar qué hacían allí la escalera del trastero y las llaves repartidas por la mesa?

Me tranquilizó la voz de mi abuela desde su sillón orejudo.

—¿Está peligroso, mamá?

—No, no se ha caído nada. Sólo está rajado.

—Entonces no te preocupes, ya lo mandaremos cambiar.

Y ahí acabó la conversación. La anciana se santiguó varias veces y continuó hacia su habitación murmurando desgracias.

Antes de poder escapar hacia mi cuarto, me tuve que entretener en la cocina escuchando las quejas de Remi, que entre lloros y sorbetones me contaba su versión de los hechos.

—Yo tenía razón. Muchas señoronas de collares de tres vueltas y no saben ni freír un huevo. Con razón ganó doña Teresa. Esa receta es mía, que no es porque yo lo diga, pero sé cocinar. ¿No te parece?

—No te disgustes, Remi. Ya ha pasado. No lo pienses más.

—Es que encima parece que tengo yo la culpa por decirlo. Una paella para tirarla, un pollo al chilindrón que parecía de piedra, unos lenguados…

Quería ducharme. Tenía el polvo y el olor ácido metido en los poros.

Capítulo nueve

Naud estaba sentado en la cómoda cuando entré en mi cuarto con la toalla en la cabeza.

—Pensé que no vendrías.

No dijo nada. Me miraba con mucha atención, como si no quisiera perder detalle.

—He visto a ese *nug* que persigues.

—¿Dónde?

—Salió de aquí, del hueco del escritorio.

—Es un buen lugar, oscuro y conocido. No he visto a ningún humano mirar ese hueco antes de sentarse a una mesa.

—Intentó atacarme.

Y le conté con detalles mi encuentro con aquel rechoncho *nug*.

Me pareció ver una sonrisa en su cara ovalada, aunque era difícil ver otra cosa que la intensidad de sus ojos.

—Eres muy valiente.

—No, pero si me atacan…

—Tienes buenos reflejos —comentó.

—Es por los videojuegos —expliqué—. Te acostumbras a reaccionar enseguida.

—Por eso no te asustaste al verme. Estás acostumbrada a jugar con seres de apariencias distintas.

—Sí, pero no es igual. Los seres a los que me enfrento en la pantalla no pueden salir de ahí y, cuando quiero dormir, apago el monitor y se van.

Naud cambió de tono y de conversación.

—Encontraste la entrada del vórtice.

No le entendía.

—El lugar en el que nos hemos visto esta tarde. Es un vórtice, pero está colapsado. No funciona.

—¿Una entrada? —pregunté.

—Una conexión —me corrigió—. Yo llegué a través de ese vórtice. Conseguí reducir a Pot y, cuando quise salir, ya no funcionaba. Lo intenté de todas las maneras que conozco, pero era inútil. Perdí las fuerzas y el bandido se me escapó. Se escapó a través del espejo. No funciona. Algo ha variado.

—Yo sólo he visto allí unos trastos y un maravilloso espejo... ¡Ése es el vórtice!

—No sólo el espejo. Es necesario que se den unas coordenadas entre el espejo, la luz, la atmósfera y la actitud. Una de las cuatro cosas o varias a la vez fallan. Algo cambió con el ataque del *wendigo*.

—¿Qué ataque?

Se bajó de la cómoda, miró a todos lados como si esperase que alguien pudiese espiarnos y se acomodó con las piernecitas cruzadas en la esquina de la cama.

—Alguien en esta casa incomodaba a las energías negras. Ese hombre que nos azotaba con el cordón de su batín cuando nos acorralaba en el despacho.

—Mi bisabuelo. ¿Estás aquí desde entonces?

—Tu bisabuelo era un hombre muy sabio. Había leído libros escritos por otros hombres que han tenido contactos con otras energías y otras dimensiones, en otras épocas.

—Sí, tenía demasiados libros en el despacho.

—Los libros de los que te hablo no son fáciles de encontrar. Tu bisabuelo los guardaba en la habitación del espejo. Todavía siguen allí.

—Sí, ya los he visto.

—Consiguió saber demasiadas cosas sobre entidades, tanto pacíficas como malignas, e intentaba comprender, conectar, averiguar cuanto le fuera posible. En algún momento empezó a practicar con cristales, escogió la habitación de la casa que mejor recibía los rayos del sol, y probó una y otra vez su teoría. No sé cómo lo hizo, pero abrió ese vórtice por el que podíamos circular entidades pequeñas. Sin embargo, deseaba encontrar la manera de dar más fuerza a la conexión. Quería ser él quien visitase otras dimensiones. Primero entramos nosotros y los *ifnís*. Esta casa era...

—¿Quiénes son los *ifnís*?

—Son entidades sueltas. Van de una a otra dimensión buscando diversión. En vuestra dimensión se manifiestan atando casualidades para crear situaciones incoherentes.

—No te entiendo.

—Cuando bajas de la cama y pisas un zapato, el zapato empuja la mesilla y se vuelca el vaso del agua y te resbalas con el agua y te das un golpe en la espalda contra el suelo. Son cosas que ocurren muy deprisa. Todas juntas parecen una sola, pero está montado con toda precisión por los *ifnís*. Suelen ir por parejas, son difícilmente visibles y aborrecidos en la mayoría de las dimensiones.

—Aquí lo llamamos la ley de Murphy —comenté, aunque el hombrecillo no pareció oírme.

—Tu bisabuelo no se daba cuenta de que, cuanta más fuerza daba al vórtice, más facilitaba la llegada de energías poderosas. Cuando comprendió lo que había hecho, quiso rectificar librándose de todos los visitantes a los que había invitado sin querer. Retiró todos los espejos del despacho para poder atraparnos y azotarnos con ese grueso cordón del batín, hasta que consiguió que no apareciésemos por allí. Batallaba cada día con una variada gama de seres exteriores. Pero no contaba con las energías negras, las que cruzan el pasillo girando sobre sí mismas, arrastrando partículas magnéticas de... Es demasiado complicado de entender.

—¿Qué le ocurrió a mi bisabuelo?

—Molestó a los malignos y recibió la visita de un *wendigo*.

—¿Qué es un *wendigo*?

—No quieras saberlo. Sólo te diré que acabó con tu bisabuelo de la manera más horrible que puedas imaginar.

—Remi me ha dado detalles.

Naud calló un momento como recordando la escena.

—Entonces, ¿no puedes salir por el vórtice? ¿Qué hacías en la habitación del espejo?

—Descansar. No funciona como salida, pero sí como espejo interior. En esta época es la habitación más cálida de la casa y, sin duda, la más tranquila. Y... con un poco de suerte, podría toparme con Pot.

—¿Cómo puedo ayudarte? ¿Necesitas comida, agua, botitas de punto?

Me pareció que se sonrojaba bajo su tono verdoso.

—La necesitaba —se excusó—. Los caminos entre espejos son resbalosos. Se consigue mucha velocidad si encuentras algo que te permita patinar. Generalmente utilizamos calcetines, son resistentes y duran bastante antes de desgastarse, pero acaban por quemarnos la piel por el roce. Esas botitas son de lana suave, sin mezcla. Una maravilla para los pies.

—Sí, entiendo —sonreí—. Es la primera clase de los caminos de espejo.

—Si te molesta, no volveré a robar más botitas de ésas. Me servirá un calcetín de algodón que olvidó la señora de la cocina en la cuerda.

—Puedes llevarte una de mis bufandas.

—Las bufandas están prohibidas. Taponan los conductos y producen accidentes. Además, enrarecen el aire.

—Puedes cortarla en trozos más pequeños.

—Se deshilará y los hilos sueltos, entre los dedos, a esas velocidades…

—¿Llevas aquí atrapado desde la época de mi bisabuelo?

—Sí, ya tengo ganas de volver a ver a los míos.

—¿Cómo puedo ayudarte? —repetí.

Me miró entornando los ojos por primera vez desde que le conocía y dijo con miedo:

—Si pudieras arreglar el vórtice…

—Yo no sabría cómo hacerlo, pero Charlie sabrá quién puede ayudarnos.

—Charlie —repitió Naud.

—¿Le conoces?

—Le visité algunas veces, cuando era más joven y se quedaba a dormir en el cuarto que han llenado de trastos. Algunas veces me veía. Me miraba sin decir nada, pero me guiñaba los ojos, me sonreía, me hacía pedorretas, hacía gestos y ponía caras graciosas. Algunas noches me hacía reír.

—Charlie es especial. Él arreglará el vórtice.

—Tengo que irme. La señora ha entrado en duermevela y tengo que llegar antes que Pot.

—¿Por qué? ¿Qué puede hacerle a mi bisabuela?

Se subió a la cómoda, se acondicionó la botita de punto entre los dos pies juntos y, antes de entrar por el espejo, se volvió y me dijo:

—El duermevela es el estado más elevado de los humanos. El de los niños es purificante y está cargado de asombro sin límites. Es nuestro mejor alimento. El de los ancianos es más fuerte, aporta experiencias y fantasías. Es como... vuestro licor. Si Pot absorbe demasiado, la señora tendrá una horrible pesadilla, sus duermevelas se tornarán inquietos y egoístas y ya no servirán.

—¿Pero Pot…?

—Una de las misiones de los enviados es conseguir la esencia de los sueños y los duermevelas y llevarlos a nuestra dimensión. Son misiones muy costosas de tiempo y energías. Un enviado no puede actuar sólo para sí. No puede quedarse. Debe volver y rendir cuentas. Son también un peligro para nosotros. Sus excesos pueden ponernos en evidencia y eso arruinaría todo el plan.

—¿Os alimentáis de duermevelas?

No contestó y desapareció por el espejo.

Me dejó aturdida con tanta información. Había abierto ante mí un mundo fantástico, mucho más fantástico que el de los videojuegos y las películas, especialmente porque era real.

Busqué en mi mochila la linterna de minero que me había comprado al salir del instituto. Abrí la puerta de mi cuarto con cuidado para no hacer ruido, levanté el cortinón y pasé al despacho.

—¡Maldito olor! —dije en voz baja.

Con la luz hacia el suelo para no tropezar con el derrotado tapiz, llegué hasta la puerta de la habitación del espejo. Quería llevarme alguno de aquellos libros de los que hablaba Naud.

Nada más abrir la puerta vi los ojos entornados de Pot. Estaba tirado en el suelo, revolcándose en el cuchillo de luna que entraba entre las persianas.

—Tu… tu… tucutú —dijo apuntándome con su dedo afilado.

—Estás borracho.

—Y tú, gorda —me contestó entre saliva.

Le aparté con el pie y cogí al azar algunos libros. Di media vuelta sin mirar al *nug,* y salí.

Tuve que limpiar a fondo aquellos volúmenes encuadernados en cuero y, muy tranquila, me dispuse a enterarme de todo aquello que ocurría a nuestro lado, que muchos veíamos y todos ocultábamos.

Abrí el libro y me dispuse a leer: *El Morador de las Tinieblas,* de H.P. Lovecraft.

Capítulo diez

Charlie y papá llegaron unas semanas antes de Navidad. Venían muy morenos, especialmente papá, satisfechos y repletos de anécdotas.

Papá se interesó por mis estudios, por mi salud, por si estaba contenta, si discutía con la abuela... Charlie se perdía entre los muebles y los cuadros mirando por arriba, por abajo, volviendo los tiradores de los cajones…

—En esta casa hay más cosas que en mi tienda. ¿Quieres creer que me hice anticuario porque me fascinaba esta casa?

Sus comentarios llenaban de vanidad a mi abuela, que le servía doble ración de todo.

—¿Esta vez estaréis mucho tiempo? —le pregunté.

—Hasta después de Navidad.

—¡Vaaaaleeee!

Y en voz baja añadí:

—Tengo un trabajo para ti.

—Te invito a merendar —contestó él.

Charlie es más o menos de la edad de papá. Se conocieron en la universidad y se hicieron amigos, aunque al final estudiaron diferentes carreras. Se llevan muy bien. Todo lo espontáneo y abierto que resulta Charlie se compensa con el carácter dulce e interno de mi padre. Mi abuela Teresa le adoraba. Sin embargo, mi bisabuela veía siempre intenciones ocultas en la agradable charla del americano.

A mamá tampoco le caía bien Charlie, pero era porque se llevaba a papá, le metía ilusionadas fantasías en la cabeza y le aplaudía todas sus locuras. La última, según sospechaba yo, había sido el detonante de aquella separación de mis padres que, disfrazada de conveniencia familiar, me había separado de mi madre y de mi hermano.

Charlie me fascinaba desde pequeña. Sabía tantas cosas y las contaba tan bien… Nos trataba a Mateo y a mí como si fuésemos mayores y nos hacía caso siempre, aunque tuviera que interrumpir una conversación con los adultos.

Merendamos en una selecta heladería en la Gran Vía. Papá y yo nos pedimos nata y chocolate. Charlie se pidió la copa extra de la casa, tan alta y llena de barquillos y pistachos que no sabía por dónde meter la cuchara.

Entre risas y bromas, empecé a contar lo que había vivido los últimos meses en casa de la abuela, incluido todo lo que me había contado Naud.

Las risas, como los helados, se fueron derritiendo y, antes de ver el fondo de su copa, la cara de Charlie estaba seria y preocupada.

—Tesa, esas cosas son muy delicadas. No es bueno enredarse en ellas. Nadie sabe dónde acaba la realidad y empieza la fantasía. Esas energías..., esas entidades..., los nombres, las descripciones..., la mayoría son producto de novelas y libros de terror.

—Pero yo lo he visto —insistí.

—Has visto lo que te han dejado ver. No sabemos qué poderes tienen esos seres —explicó Charlie—. La ciencia intuye que hay otras dimensiones que existen y conviven con nosotros, se superponen, pero no las percibimos. Nuestro cerebro no ve todo le que tenemos alrededor.

—¿Y por qué lo he visto?

—Tal vez porque, sin darte cuenta, estabas alterada. La casa te daba miedo, vigilabas. O puede que ese ser se descuidase en su trabajo, sea el que sea: observarte, vigilarte o absorber energía. También pudo activar algo en tu mente para hacerse notar y así encontrar ayuda.

—Tienes que salir de ahí —dijo papá muy preocupado—. Te llevaré a Barcelona con mamá o buscaremos cualquier otra solución. Esa casa...

—Espera, Silver —dijo Charlie frenándole con la mano en su brazo—. Vamos a ver qué quiere hacer Tesa.

—Quiero arreglar el vórtice y sé que tú puedes hacerlo. Quiero ayudar a Naud.

Los dos se miraron y Charlie asintió.

—Bueno, yo no estoy tan seguro, pero lo intentaremos. Lo primero es ver ese espejo.

—Tendrá que ser por la noche porque la abuela no consiente...

Sin embargo, Charlie lo preparó todo para la mañana del domingo. Mi padre iba a llevar a las abuelas a Segovia, a visitar a un sobrino de mi bisabuela, que cumplía sus bodas de plata con el sacerdocio. Había misa cantada y comida. Los mantendría lejos el tiempo suficiente.

—Yo siempre me llevo la peor parte —se quejó mi padre, que se había ido ilusionando con el tema a medida que lo hablamos en las sobremesas de las cenas.

Salieron muy temprano con el coche y Charlie envió a Remi a su apartamento para que limpiase un poco.

—Como hoy no te necesitan las señoras, podrías aprovechar para darle una vuelta a mi apartamento. Te lo pagaré como horas extras —le había dicho—. Para eso es domingo.

Charlie entró en el despacho por la puerta de cristales, encendió la luz y abrió los balcones de par en par.

—¿Qué es este olor?

—Polvo, humedad, telas mal ventiladas, tabaco rancio, sangre…

—¿Sangre?

Me hizo un gesto para que me fijase en todas las salpicaduras de las paredes, en la alfombra, la mesa, los cojines…

—¿Eso es sangre?

—Sangre vieja, seca y corrompida. No toques nada. Esto necesita una limpieza a fondo.

En ese momento reparó en el estropicio del tapiz.

—Te podías haber matado —dijo impresionado.

Abrí las tres puertas para que Charlie juzgase por sí mismo.

—Esta caja fuerte hay que abrirla. Puede tener dinero o documentos importantes.

En el armario de los aparatos se entretuvo muy poco y enseguida pasó a la habitación del espejo.

—¡Santo Dios! ¡Qué espejo!

Durante un rato respeté su emoción ante aquella pieza, después suspiró y dijo:

—Vamos a ver. Cuatro son las coordenadas que configuran un vórtice como el que queremos reactivar: el espejo, que parece estar perfecto, la luz…

Estudió las persianas sin tocarlas.

—Si el paso se cerró con la visita del…, mejor no nombrarlo, puede ser que la fuerza, el torbellino y el fuego alteraran la posición de las persianas. Sin embargo, esta hoja está forzada, luego tu bisabuelo la colocó así adrede. Más vale no tocarlas. El tercer elemento era…

—La atmósfera —terminé.

—La atmósfera puede referirse al ambiente de la habitación, al carácter de los que participan, a fuerzas electromagnéticas… Es un concepto que nosotros no podemos modificar más que ventilando el despacho para que el aire vuelva a ser puro, bueno, todo lo puro que puede ser el aire de la calle Mayor.

Salió de nuevo al despacho y abrió las puertas de par en par.

—Crearemos corrientes, a ver si conseguimos mejorar la atmósfera. Y el cuarto elemento era la actitud. No creo que nadie tenga mejor actitud para arreglar esto que tú y que yo.

—La actitud puede referirse también a la postura —apunté.

—Cierto, pero ese punto no nos corresponde a nosotros. Es cosa del que va a pasar de un lado a otro. Sólo nos queda el tema de la luz. Vamos a ver: cuando habla de la luz, no se referirá a la luz eléctrica, se referirá a la luz natural.

—Sí.

—En esta habitación, la luz natural sólo entra por esta rendija entre las persianas.

—Sí.

—La persiana… Espera.

Limpió con cuidado el suelo cerca de la esquina doblada de la persiana.

—Aquí hay unas medidas. Es como una media luna grabada en el mosaico. Siete, ocho, nueve… Es una regla para situar la persiana según la hora del día. Entonces, ahora son las once y media…, dos rayitas… Ahora estaría. ¿Dónde refleja la luz?

—En ninguna parte —contesté—. En esta parte de la fachada da el sol a partir de las doce.

—El caso es que la luz del sol tendría que ser concentrada para tener alguna fuerza.

Miró a su alrededor. Los aparatos ópticos y las lentes le dieron la idea.

—¡Un prisma! Un prisma que concentra y envía la luz a un punto preciso.

Repasó con la mirada las paredes y el techo. De pronto se agachó y rozó el suelo.

—Trozos de cristal. Aquí se ha roto algo.

—¿Sólo aquí? —bromeé recordando el estropicio del despacho.

—Mira, Tesa. Una hembrilla.

—¿Qué es eso?

—Una argolla fija en el techo para colgar algo.

—Un prisma.

—Exacto.

Salió al despacho y volvió con la escalera que yo había dejado la tarde de la caída, un ovillo de cuerda blanca y un prisma amarillento agujereado.

—Sujétame.

Se subió y anudó la cuerda en la hembrilla y en el otro lado colgó el cristal. La luz dibujó un arco iris sobre la pared de la entrada. Charlie movió el prisma buscando una postura que dirigiese la luz sobre el espejo, pero no lo consiguió.

—Aquí falla algo —comentó.

Pasó un rato comprobando las posturas de las persianas, el prisma, el espejo… Luego, salió de nuevo al despacho y empezó a revolver entre los papeles esparcidos sobre la mesa de mi bisabuelo.

—¿Qué buscas?

—Algún apunte, un documento, un dibujo…, algo que nos oriente.

Me acerqué a la mesa para ayudarle a buscar.

—Espera, Tesa. Busca dos pañuelos o bufandas o trapos, algo para taparnos la boca. Aquí hay mucha basura. Y busca en la cocina. Remi debe de tener guantes de goma.

Con dos pares de guantes azules de fregar de Remi y dos trapos de cocina para taparnos la boca y la nariz, Charlie y yo nos dedicamos a repasar los papeles.

Había larguísimos textos de palabras incomprensibles, listas de materiales extraños, hojas pobladas de complicadas operaciones aritméticas, dibujos…

—¿Por qué tendría tantos dibujos de iglesias? —pregunté.

—Va a ser difícil con tan poco tiempo —comentó Charlie—. Hay demasiadas cosas y muy mezcladas. Ni siquiera sabemos si hay algo relacionado con el vórtice.

Llevábamos casi dos horas registrando papeles. Estaba cansada de respirar a través de aquel paño que, aunque lo había cogido limpio del armario de la cocina, olía a lejía y a pescado; harta de pelearme con los papeles que se me escapaban de los guantes de goma; aburrida de quitar cenizas y apartar sospechosas pavesas; y para colmo, mi bisabuelo me miraba con reproche desde el retrato que presidía aquella escalofriante habitación.

—¿Qué pasa? —preguntó Charlie cuando me vio dejar caer de golpe los papeles.

—Me da repelús el retrato de don Baltasar.

Charlie lo miró un momento, sonrió y dijo:

—Eso tiene fácil arreglo.

Se levantó, descolgó el pesado cuadro y lo apoyó de cara a la pared entre los dos balcones.

—Ya está —dijo, y antes de que yo pudiera darle las gracias, exclamó—: ¿Qué es esto?

Pegado al marco, por detrás del cuadro, había un sobre amarillento. Charlie lo despegó con cuidado, rompiendo el papel engomado que lo sujetaba. Abrió el sobre y leyó con atención el papel transparente que había dentro.

—¡Aquí está!

Apartó de un manotazo los papeles, las fotos, las plumas... que llenaban la mesa y extendió el documento.

Me acerqué. Era un papel vegetal con inscripciones y dibujos realizados en tinta china.

—¿Entiendes algo, Charlie?

—Creo que sí. Está escrito en inglés pero la letra es enrevesada y hay que interpretar un dibujo.

—Pero... —empecé un poco decepcionada— no nos va a dar tiempo de arreglar el vórtice y recoger todo esto antes de que vuelvan las abuelas.

Charlie paseó la mirada por el despacho, se detuvo sobre el tapiz y dijo despacio:

—¿Sabes lo que es un incendio controlado?

Asentí.

—Cierra todas las puertas para que no haya corrientes. Voy a por la manguera.

Enchufó la manguera al grifo de la bañera del cuarto de baño del pasillo. Cogió la lámpara que milagrosamente había quedado de pie junto al tapiz, y la estrelló contra el suelo. En el mismo sitio en que se había hecho añicos la bombilla, prendió el tapiz con su mechero. La llama prendió pronto en la capa de polvo y subió por el tapiz chisporroteando.

—Vamos fuera, Tesa, vamos fuera.

Dejó que el tapiz ardiese un rato, hasta que las llamas empezaron a ser importantes. Entonces dirigió allí el agua y lo apagó. Luego, volvió la manguera sobre los sillones, sobre la mesa, sobre la alfombra...

—Ya está —dijo cerrando el agua.

Cuando llegaron las abuelas, bien entrada la tarde, el olor a quemado, las puertas del despacho abiertas y la cara de agotamiento de Charlie casi les hacen desmayarse.

—Menos mal que hemos llegado a tiempo —relataba el americano—. Veníamos de la calle Tesa y yo y nos hemos encontrado el despacho ardiendo. Se ha debido de romper la barra del tapiz, que estaba podrida, el tapiz ha tirado la lámpara y… Menos mal que hemos llegado.

—Pero si está todo empapado —se quejó mi bisabuela.

—No sabía qué hacer —se disculpó Charlie—. Lo he mojado todo para evitar que ardiese toda la habitación y se pasase al salón. Eso sí que hubiera sido una desgracia.

—No, hijo —terció mi abuela—, el salón no. Has hecho bien. Total, ahí sólo hay basura.

—Si le parece, doña Teresa. Aprovechando estas vacaciones, nos podemos dedicar Silver y yo a vaciar el despacho. Traeré la furgoneta de la tienda y tiraremos todo eso al vertedero.

—Muy bien, hijo. Lo que digáis —dijo la abuela apartando la mirada del desastre que se mostraba a toda luz en el despacho.

Charlie buscó los ojos de su amigo para preguntar su opinión.

—Vale —dijo mi padre—. Si no queda otro remedio…

—Las cosas que sean de valor las sacas, ¿eh, majo? —dijo la bisabuela desconfiada.

—No se preocupe, doña Adela. La tendremos al corriente de todo lo que encontremos.

—No, eso no. No hace falta —dijo la bisabuela mirando con recelo el escenario de aquel día que, aunque cerrasen puertas, no podían borrar de la memoria.

—Asunto concluido —me dijo Charlie cuando las abuelas hubieron desaparecido en el pasillo—. Esta habitación es muy hermosa. Cuando esté limpia será una biblioteca fantástica.

Cerramos las puertas del despacho y fuimos a lavarnos para cenar. Charlie me paró en el pasillo.

—Tenemos que deshacernos de los guantes. Los paños de la cocina los podemos haber cogido por el incendio, pero para los guantes, no tenemos una explicación lógica.

—Yo los tiraré. ¿Tienes el sobre?

Se dio una palmadita en el pecho para hacerme saber que lo tenía guardado bajo el jersey.

—Remi llegaba frotándose las manos por el frío. Traía la cara roja y satisfecha.

—No sé por qué me has hecho ir. No hacía falta limpiar tu casa, estaba muy limpia.

—¿Sí? Gracias, Remi. Ya sabes que soy muy exagerado con el polvo. Estropea el barniz de los muebles de laca.

Capítulo once

La mañana del lunes, al salir para clase, tiré los guantes a un contenedor de escombros.

Me hubiera gustado faltar al instituto esa mañana en la que imaginaba a Charlie estudiando el documento de mi bisabuelo. Mi bisabuelo, menudo personaje. Todo el mundo admirando su capacidad de pensamiento, su facilidad de expresión, su brillante prosa, su ajustado criterio… y en realidad era una especie de brujo entendido en ciencias desconocidas, si no ocultas, que manejaba extraños instrumentos en una habitación secreta. Una afición y unas prácticas que le habían llevado a aquella horrible muerte, digna de una película de terror. ¿Hasta dónde había llegado para que una fuerza de otra dimensión, a la que nadie quería nombrar, se desplazase hasta su despacho para liquidarle?

Llegué tarde a clase, pero nadie lo notó. Siempre faltaba algún alumno y la estadística iba subiendo a medida que se acercaba la Navidad.

Pasé la mañana distraída, con el pensamiento en casa de la abuela y el deseo de que pasase el tiempo enseguida para poder comentar con Charlie sus descubrimientos.

Salí aburrida y preocupada. Si las cosas seguían así, no veía la manera de aprobar con buena nota. Ni siquiera estaba segura de poder aprobar simplemente. Pensaba hablar con el tutor después de Navidad pero aun así… Apenas había dado la vuelta a la calle del instituto, distinguí a Charlie y a mi padre que venían a buscarme.

—Hemos dicho a tu abuela que te íbamos a llevar a la Plaza Mayor, al mercadillo de Navidad —dijo papá cogiéndome del brazo.

—Hay que renovar los adornos del árbol —añadió Charlie.

—Si la abuela no pone árbol —dije extrañada—. Sólo pone su precioso Nacimiento comprado en Asís.

—Ya lo sé —rio Charlie—, pero este año pondremos un árbol precioso en la nueva biblioteca. No se lo he preguntado, pero creo que es necesario borrar, en lo posible, oscuras influencias. Llenar esa casa de risas, de música, de emoción, de colores de regalos… ¿Sabes? Hemos hablado con tu madre, y ella y Mateo estarán con nosotros en cuanto le den las vacaciones a tu hermano.

—¡Bieeeen! —grité, y luego pregunté con impaciencia a Charlie sobre el extraño papel de don Baltasar.

—Es largo de contar.

—Primero vamos a comer —apuntó papá—. ¿Cómo vas en el instituto, Tesa?

—Mal —contesté con rabia, y les puse al corriente

de todas mis quejas y de mi preocupación por mis notas.

—Pero hija, a estas alturas del curso no puedes cambiar de instituto. La matriculación está cerrada. No podemos argumentar un motivo grave para cambiar. No sé, te podría costar el curso entero.

Muy preocupado, mi padre se detuvo en mitad de la acera.

—¿Qué podemos hacer? —dijo con voz grave—. ¿Por qué no me lo has dicho antes?

—¡Eh! Vamos, no hay que dramatizar —dijo Charlie pasando el brazo por los hombros de mi padre para ponerle de nuevo en marcha—. No hay tanto problema.

Pasó el otro brazo sobre mis hombros y nos llevó medio abrazados mientras comentaba:

—Es normal que notes un cambio, Tesa. Hasta ahora has estudiado en un colegio muy elitista. Con diez alumnos por clase se puede tener una atención personalizada. Todo estaba ajustado a tu gusto, a tus necesidades. Era como estar en una burbuja, no tiene nada que ver con la vida real. Si hay un problema, el profesor habla con los padres y lo arreglan. En el instituto y en la universidad vas a encontrar la realidad. Todo ese barullo, ese descontrol del que te quejas, tienes que organizarlo tú. Nadie lo hará por ti.

—¿Y cómo lo hago? —dije fastidiada.

—Pregunta en la secretaría o en el despacho del tutor. Pide que te reciban los profesores, uno por uno, o el director. Busca la información que necesites, te la darán con gusto, pero tienes que organizarte tú. Nadie espera que vayan tus padres a arreglarlo. ¿Lo has intentado?

—Al principio… con el tutor… Estaba tan ocupado…

—Insiste. No dejes pasar el tiempo. No te quedes parada a la primera dificultad. La interesada en estudiar y aprender eres tú, no el tutor.

Tenía razón. Me había dado por vencida la segunda vez que el tutor, en sus carreras por los pasillos a principios de curso, me había dicho: «Luego te atiendo».

—La información y los contenidos que tienes que aprender están ahí, en los libros, en los apuntes y en las explicaciones de los profesores —continuó Charlie sin soltarnos—. Infórmate del programa de cada asignatura y haz un esquema de trabajo. Busca en el aula un lugar en el que puedas oír y atender al profesor y, si no puedes, espera al final y pregunta qué es lo importante del tema. Puedes trabajar con Internet.

—En casa de la abuela no hay Internet.

—Eso tiene arreglo.

—Habrá más chicos en tu misma situación —intervino papá aún con esa voz grave que se le ponía cuando estaba muy preocupado—. ¿No tienes amigas?

—No —protesté—. Son tontas, sólo piensan en la ropa, en divertirse y en presumir con los chicos. Los primeros días me llamaron pija y se rieron de mí.

—¿Todas? —preguntó papá.

—Te juzgaron muy deprisa, como tú las juzgaste a ellas —apuntó Charlie—. Si les das una oportunidad, te la darán a ti. Y si no, tampoco importa. Vas al instituto a aprender y, con tal de que no te molesten, es suficiente. La amistad no se improvisa, Tesa.

Sabía que tenía razón. Yo sentía rencor contra mis nuevas compañeras porque lo sentía contra mis antiguas amigas.

—Haré lo que dices, Charlie. Molestaré lo que tenga que molestar y estudiaré sin esperar que me lo den hecho —dije decidida—. El problema es que los profesores son muy raros, es difícil hablar con ellos.

—Son personas normales —suspiró papá aliviado—, con sus virtudes y sus defectos. Personas que viven distintas situaciones y reaccionan como pueden. Son tan normales o tan raras como tú o como yo.

—De eso nada —bromeó Charlie—. Tesa es una chica inteligente, sensata y trabajadora.

Nos apretó contra él, sonrió y preguntó:

—¿Un italiano o un chino?

Mientras esperábamos que nos sirvieran el primer plato, Charlie explicó:

—Anoche, después de mucho trabajo, conseguí entender el esquema de don Baltasar y, esta mañana, tu padre y yo hemos descifrado el dibujo.

—¿Y?

—Son las instrucciones para conseguir abrir esa entrada, que él llama en el documento «conexión».

—Naud también la llama así.

—El abuelo no sabía nada con precisión —dijo papá—. Ese papel demuestra que iba probando, avanzando según descubría nuevas propiedades y poderes de la luz.

—No se conformaba con contactar con energías y

dimensiones menores —añadió Charlie—. Él quería saber más, intentar mirar por un agujero en el que es mejor no aventurarse.

—Los libros de la habitación del espejo están llenos de anotaciones, de párrafos subrayados y de cartas de otros investigadores de su tiempo.

—¿Y sabéis cómo abrir el vórtice? —apremié.

—No podemos estar seguros, pero lo intentaremos —aseguró Charlie.

—Una vez que ese Naud haya conseguido salir, lo cerraremos de nuevo —dijo papá con tono resuelto—. Quitaremos el espejo y convertiremos esa habitación en un pequeño despacho, en una salita de costura, de lectura o de lo que sea. Le daremos una utilidad normal.

—¿Cómo lo podemos activar?

Charlie apartó un poco los vasos y las servilletas y extendió el papel que había forrado con una funda de plástico transparente.

—Como suponíamos, la clave está en la luz reflejada en el espejo, pero nos faltaba un paso.

—¿Cuál?

—La iglesia.

Antes de que siguiera preguntado, Charlie explicó:

—La luz que entra por el ángulo de las persianas y se refleja en el prisma no viene directamente del sol. Ese ángulo sería imposible en cualquier momento del año.

—¿Imposible?

Charlie dio la vuelta al papel para que viese el dibujo y continuó siguiendo con el dedo las líneas que perfilaban su explicación:

—El sol da en uno de los cristales de las ventanas de la linterna que remata la cúpula de la iglesia que hay enfrente, refleja sobre el cristal del balcón en el ángulo que lo tenía don Baltasar, e incide sobre el prisma que lo condensa en un rayo muy poderoso que, al tocar el espejo, abre la puerta.

—¿Y por qué no funciona?

—Porque el cristal de la cúpula está roto.

—¿Tantos años?

—Será difícil subir a cambiarlo —apuntó papá—. O no tendrán fondos para la reparación o lo han ido dejando un día por otro… ¿Quién sabe?

—¿Qué podemos hacer?

—Comer antes de que se enfríe —dijo Charlie apartando el documento para que el camarero sirviera los platos.

—Charlie…

—No te preocupes, Tesa —me tranquilizó papá—. Hablaremos con quien sea en la iglesia y pondrán el cristal.

—¿Y si no quieren?

—Come.

Capítulo doce

Las gestiones de papá con el párroco no daban resultados. El sacerdote no entendía el interés de mi padre por reponer aquel cristal que llevaba tanto tiempo roto. Papá se había ofrecido a pagarlo de su bolsillo, a buscar al cristalero, a ponerlo personalmente, a hablar con el obispo... Nada, el párroco le daba largas o, directamente, no le recibía.

—¿Y si le contamos la verdad?

—Tesa, ¿cómo vamos a contarle la verdad? Al pobre hombre le daría un infarto.

—No nos creería —rio Charlie—. Hasta es posible que nos pidiera la excomunión.

Buscando una solución, hablando, planeando... íbamos trabajando en la limpieza del despacho. Charlie trajo la furgoneta y dos hombres de su tienda y, en una mañana, desaparecieron todos aquellos muebles, cuadros, libros y accesorios malolientes. El decorador que trabajaba para Charlie en su tienda pintó los zócalos, las puertas y el techo, empapeló las paredes y pulió el suelo. Charlie se llevó el monstruoso piano y trajo librerías clásicas, para que no desentonasen con el estilo del resto de la casa, pero blancas para dar más luz a la habitación. La abuela sacó dos butacones de la habitación de los trastos y los mandó tapizar de nuevo. Se pusieron las cortinas y las alfombras nuevas, se pulieron los balcones, se limpiaron las lámparas, la enorme chimenea… y antes de que vinieran mi madre y Mateo, el despacho se había convertido en una acogedora sala de lectura.

Sin embargo, las abuelas seguían sin entrar y Remi sólo pasaba para limpiar y con una cierta aprensión.

Una mañana, ya de vacaciones, cuando papá y yo montábamos entre bromas el árbol y los adornos de la chimenea, llegó Charlie y se acercó a nosotros con aire misterioso.

—Lo haremos esta tarde —dijo.

—¿Sin el cristal?

—Tengo la solución. Si sale bien, habremos terminado con esta historia.

Se sentó en el suelo entre las bolas y los espumillones, nos miró con la ilusión de un niño y dijo:

—Tenemos que hacerlo hoy, que hace sol. Lo haremos a las cinco, más tarde el sol estará muy bajo. Hay que limpiar muy bien el espejo, el prisma colgado del techo y el cristal del balcón sin cambiar ninguna medida.

—¿Cómo avisaremos a los *nugs*?

—No hará falta —comentó Charlie—. Ellos sabrán cuándo está abierta la puerta. Si quieren irse, se irán.

—¿Cómo conseguirás el reflejo de la iglesia? —preguntó papá.

—No te preocupes. Lo conseguiré, aunque no podré estar aquí para ver si funciona.

—Charlie... —empezó papá—, no te metas en ningún lío. Estas *incidencias* llevan aquí muchos años. No merece la pena que te expongas por algo que ni siquiera sabemos si es real. Si te pasa algo...

Charlie le miró, le puso la mano en el hombro y sonrió.

—No te preocupes, no pasará nada y, bueno, no sabemos si todo eso es real. Puede ser fantasía de tu bisabuelo, de tu abuelo, tuya, de Tesa... ¿No te parece demasiada fantasía?

—¿Cómo lo harás? —insistió muy serio mi padre.

—Os lo contaré esta noche.

Se levantó de un salto y salió al pasillo para halagar a mi abuela como sólo él sabía hacerlo.

—Doña Teresa, usted que tiene tan buen gusto indíqueme: de qué color ponemos las velas para el centro de mesa de Navidad, ¿dorado? ¿azul?, ¿rojo? Este año se lleva el violeta, pero dígame: ¿usted qué opina?

A las cuatro de la tarde, mi padre y yo, armados de esponjas y trapos, entramos en la habitación perdida dispuestos a acabar con la inquietante pesadilla. Limpiamos todo con mucho cuidado para no alterar las medidas y colocamos todos los libros y los útiles de óptica que había sobre la mesa, sin cambiar nada por si la posición de aquellos artilugios tenía alguna influencia sobre la apertura del vórtice.

Me asomé al balcón con cuidado para no mover las persianas. Hacía sol y su reflejo en el cristal abría un cuchillo de luz en la pared de enfrente, pasado el espejo.

Papá recogía con atención las esponjas y los trapos para no dejar nada por medio.

—Tesa, son casi las cinco. Tenemos que salir de aquí.

Miré hacía la cúpula de la iglesia.

—¿Crees que lo conseguirá?

—Estoy seguro.

—¿Dejamos la puerta abierta o cerrada?

—Pues... no sé. Charlie no ha dicho nada sobre eso. Si cerramos, ponemos dificultades para que salgan y... si dejamos abierto, corremos el riesgo de que entre algo peor.

Le miré asustada.

—La dejaremos entreabierta, así evitaremos reflejos añadidos y facilitaremos la salida a los *nugs*.

Salimos con el corazón encogido por el riesgo y la emoción. Dejamos las esponjas y los trapos en el cuarto de baño para no tener que dar explicaciones a Remi, que repasaba en voz alta la lista del pedido de la tienda.

—Papá, desde el balcón de mi cuarto se ve la iglesia.

Nos acodamos en el balcón con los abrigos puestos. Desde allí se veía la pequeña cúpula y la linterna que la remataba. Le faltaban tres cristales. ¿Cómo iba a conseguir Charlie el reflejo?

Eran las cinco en punto cuando vimos brillar un reflejo oblicuo dentro de la linterna. Desde nuestro balcón, ni papá ni yo conseguimos ver detalles ni descubrir a Charlie por ningún sitio. Sentimos un fogonazo que iluminó la calle como un *flash* gigantesco. Luego, el reflejo se mantuvo oscilante, durante media hora, hasta que el pálido sol de diciembre se tapó entre los pinos del Campo del Moro.

Le pedimos a Remi un chocolate caliente y nos sentamos en el cuarto de estar, preocupados, esperando algo que no sabíamos qué era.

—Qué callados estáis —comentó la abuela—. ¿Qué os pasa? ¿Os falta Charlie?

—Pues vaya una falta —comentó chirriante la anciana—. Para lo que dice ese *antiguallas*, mejor en silencio.

Ya iba a contestar cuando sonó el timbre de la puerta. Me levanté como un rayo.

—¿Dónde vas, niña? —dijo silbante mi bisabuela—. Ya abre Remi.

Esperaba oír la voz de Charlie comentando el delicioso olor a chocolate que perfumaba el pasillo, pero lo que oí fue la voz de Mateo que gritaba desde el recibidor:

—¡¡¡¡Tesa!!!!

—¡¡¡Mateo, mamá!!!

Y eché a correr sin escuchar los comentarios de las abuelas.

Eran más de las once cuando volvió Charlie. Traía la cara pálida, tal vez por el frío, y la mirada inquieta. Saludó a mamá y abrazó a Mateo, bromeando, sin ganas, con lo alto que estaba y con la fuerza de sus brazos.

—¿Qué te pasa? —preguntó mi hermano—. Estás temblando.

—Hace frío —explicó Charlie.

—Siéntate aquí —invitó papá—, cerca del radiador.

Remi le sirvió un tazón de chocolate.

La bisabuela, entre sonrisas y halagos, sometía a mamá a uno de sus *inocentes* interrogatorios. La abuela intentaba matizar las preguntas, adelantar las respuestas, quitar incomodidad, templar el ambiente... Mateo se había quedado dormido, acurrucado junto a mí.

—¿Qué ha ocurrido? —preguntó papá en voz baja.

—He conseguido el reflejo pero...

—¿Qué?

Charlie también bajó la voz.

—No estaba el párroco. Le dije al sacristán que necesitaba hacer unas fotos desde la linterna para un paisaje que iba a pintar. Le convencí porque me hice pasar por un artista extranjero y porque le di doscientos euros.

—¡Qué bárbaro! —comentó papá.

—Tenía que asegurarme. Era la tentación del dinero la que me abría la puerta —explicó Charlie, y continuó—: Subí por una escalera asesina, sucia, destartalada, imposible... Una vez arriba, saqué un espejo pequeño que llevaba en el bolsillo y busqué el lugar que me daba el mismo reflejo que el cristal roto. Enseguida encontré el ángulo y, con los prismáticos, pude ver un destello muy fuerte que iluminó el balcón como si fuese un *flash*. Esperé para aprovechar todo el tiempo que me permitiera el sol y, después de un rato, vi cómo se abrían las persianas de golpe. El reflejo iluminó toda la calle. El espejo de la habitación vibraba, podía ver cómo se desplazaba de un lado a otro.

—Charlie, es imposible —comentó papá—. Ese espejo pesa como un piano.

—Te aseguro que se movía como si fuese de papel, Silver. Parecía haberse desatado un remolino brillante. Duró unos minutos y luego, con un estremecimiento, el espejo se paró y todo volvió a la calma de antes.

—¿Crees que Naud habrá podido salir? —pregunté.

—No lo sé, Tesa. No sé qué tiempo ha permanecido abierta la puerta. Ni siquiera sé si se ha cerrado. Tal vez los reflejos sean sólo la llave y el vórtice permanezca abierto.

Me estremecí. ¿Y si se quedaba abierta y se colaba otra vez aquel *wendigo,* o como se llamase, que había terminado con la vida de don Baltasar y, de rechazo, con la de mi abuelo Luis?

Charlie guardó silencio un momento. Luego, se enderezó más animado. Abrió los brazos para abarcar tras los respaldos a mi padre y a mí y dijo:

—Esperaremos unos días para dar tiempo a Naud. Después, quitaremos el espejo. Si no hay puerta no hay salidas.

—¿Y si ya ha entrado algo?

—Si han entrado más *nugs,* o *ifnís,* o cualquiera de esas pequeñas entidades, no podemos hacer nada. Las energías negras son incontrolables, pero no parecen peligrosas para nosotros. En cuanto a los otros... Si hubiera entrado algo así, ya lo habríamos notado.

—Cambiaremos todo —dijo papá—. Llenaremos la casa de risas y de cariño. Nada podrá contra nosotros.

Charlie respiró hondo y sonrió.

—Estoy pensando que tal vez me he pasado con el reflejo. Me llevé de la tienda un antiguo espejo de tocador para poder esconderlo en el chaquetón sin levantar sospechas. Cuando lo saqué, me di cuenta de que era de aumento.

Papá se echó a reír y Charlie le siguió. Entre las risas, la conversación de mamá y las abuelas, y la tele, que emitía una película de tiros, me pareció oír dentro de mi cabeza una vocecita conocida.

Miré hacía el pasillo.

Desde la entrada, Naud, escondido bajo la consola, me hizo una seña. Alargó la mano para que pudiera ver que llevaba sujeto a Pot, envuelto en una redecilla del pelo de las que usaba mi bisabuela para dormir, y levantó su codo delgaducho, donde brillaba aquel puntito rojo. Aunque estaba lejos, pude oír muy clara su voz:

—Vuelvo a casa. Gracias, Tesa.

FIN

Septiembre, 2012